神《かみ》スキル!!!

SOS《エスオーエス》！　命《いのち》がけのスクール・キャンプ!?

大空《おおぞら》なつき・作
アルセチカ・絵

角川つばさ文庫

神《かみ》スキル!!!

SOS《エスオーエス》!命《いのち》がけのスクール・キャンプ!?

目次《もくじ》

神《かみ》スキル!!!

人《じん》物《ぶつ》紹《しょう》介《かい》

神《かみ》木《き》朝《あさ》陽《ひ》

小学《しょうがく》6年生《ねんせい》。三《さん》きょうだいの次男《じなん》。
運動《うんどう》は何《なん》でも得意《とくい》！
〈ふれずに物《もの》を動《うご》かすスキル〉を持《も》つ。
でも、重《おも》いものはムリ!?

神《かみ》木《き》星《せい》夜《や》

中《ちゅう》2。長男《ちょうなん》。
クールに見《み》えて、やさしい。
〈人《ひと》の心《こころ》を読《よ》むスキル〉を持《も》つ。
知《し》りたくないことも聞《き》こえちゃう!?

神《かみ》木《き》まひる

中《ちゅう》1。長女《ちょうじょ》。
成績《せいせき》は学年《がくねん》トップ！　おしゃれ好《ず》き。
〈はなれた場所《ばしょ》を視《み》るスキル〉を持《も》つ。
ただし、近《ちか》い場所《ばしょ》だけ!?

若《わか》月《つき》春《はる》斗《と》

三《さん》きょうだいのいとこ。
呼《よ》び名《な》は、ハル兄《にい》。

1 ドキドキの旅《たび》の予《よ》感《かん》!?

あー、早《はや》く遊《あそ》びに行《い》きたい。

帰《かえ》りの会《かい》、終《お》われ～！

おれ、神木朝陽《かみきあさひ》は、自分《じぶん》の席《せき》に座《すわ》ったまま、心《こころ》の中《なか》で叫《さけ》んだ。

もう始《はじ》まって十五分《ふん》。担任《たんにん》の森永先生《もりながせんせい》は、まだいろんな連絡《れんらく》をしてる。

森永先生《もりながせんせい》は、若《わか》い男《おとこ》の先生《せんせい》。話《はな》しやすくて、いい先生《せんせい》なんだけど、たまに話《はなし》が長《なが》～い！

「じゃあ、今日《きょう》はこれまで。起立《きりつ》——ああ、忘《わす》れてた！」

まだ、あるの!?

「大事《だいじ》なプリントを配《くば》ります。来月《らいげつ》の、〈スクール・キャンプ〉の申《もう》し込《こ》み用紙《ようし》です」

「えっ!?」

前《まえ》から回《まわ》ってきたプリントを、あわててのぞきこむ。

〈日野原学園《ひのはらがくえん》スクール・キャンプ〉のおしらせ

「来《き》た！」

おれは、おもわず席《せき》の中《なか》でジャンプした。

年《ねん》に一度《ど》のお楽《たの》しみ。

スクール・キャンプ。

小《しょう》・中学生《ちゅうがくせい》が学年《がくねん》を飛《と》びこえて自由《じゆう》に参加《さんか》できる、二泊三日《はくみっか》のキャンプだ。

場所《ばしょ》は山《やま》だったり海《うみ》だったり。

毎年《まいとし》、行《い》く場所《ばしょ》が違《ちが》ってあきない。

何《なに》より――**勉強《べんきょう》は一切《いっさい》抜《ぬ》き！**

小《しょう》一のころから、毎年《まいとし》、星夜《せいや》とまひるといっしょに、きょうだい三人《にん》で参加《さんか》してるんだ。

もちろん、今年《ことし》も参加予定《さんかよてい》！

「去年《きょねん》は、まひるの風邪《かぜ》でキャンセルになったもんな。今年《ことし》は、どこでやるんだろ？」

ドキドキしながら、大《おお》きくのった写真《しゃしん》を見《み》る。

今年《ことし》は、山《やま》なんだ。川下《かわくだ》りのボートに、ジップラインに――。

他《ほか》にもアクティビティが、盛《も》りだくさん。どれも、めちゃくちゃ楽《たの》しそう！

「早《はや》く家《いえ》に帰《かえ》って、持《も》っていくものの相談《そうだん》をしようっと。そうしないと、まひるが、あれもこれも入《い》れた巨大《きょだい》な荷物《にもつ》を準備《じゅんび》するかも……」

「朝陽《あさひ》くん」

え？

となりの席《せき》の久遠《くおん》さんが、見《み》つめてくる。

久遠夕花梨《くおんゆかり》さん。やさしい笑顔《えがお》がすてきな、クラスメイトの女《おんな》の子《こ》だ。

「朝陽《あさひ》くんも、スクール・キャンプに参加《さんか》するの？」

「え？　うん。毎年《まいとし》、きょうだい三人《にん》で行《い》ってるんだ。今年《ことし》は、まひるの親友《しんゆう》の大川《おおかわ》さんも入《い》れて、四人《にん》でグループを組《く》むつもり」

「そうなんだ。じつは、いっしょにグループを組《く》む約束《やくそく》をしてた友《とも》だちが、行《い》けなくなっちゃって……よかったら、わたしも朝陽《あさひ》くんのグループに入《い》れてもらえないかな？」

「えっ！　久遠《くおん》さんを同《おな》じグループに!?」

あ、しまった！

これじゃあ、久遠《くおん》さんといっしょに行《い》きたくないみたい⁉　その証拠《しょうこ》に――。

「あ……朝陽《あさひ》くん、ごめんね。他《ほか》の子《こ》に頼《たの》むから、気《き》にしないで――」

「ううん、いっしょに行《い》こう！」

おれは、ぐっと久遠《くおん》さんに身《み》を乗《の》りだした。

「ええっと、急《きゅう》でちょっとびっくりしただけ。同《おな》じグループなら、きっと楽《たの》しくなるよ。まひると星夜《せいや》には、おれから話《はな》しておくから。キャンプでも、よろしく！」

「……そ、そう？　ありがとう、朝陽《あさひ》くん。こちらこそ、よろしくね」

久遠《くおん》さんが、やっと笑顔《えがお》になる。

ふう、よかった。勘違《かんちが》いされなくて。

でも――。

おれの心臓《しんぞう》は、バクバク鳴《な》ってる。

……マズいことになったかも。

久遠《くおん》さんと、久遠《くおん》さんのお父《とう》さんがキケンな目《め》にあった、〈ニセ札製造事件《さっせいぞうじけん》〉。

あのときに、ナイショで助《たす》けたのが、おれだってこと。

バレてるかもしれないのに――――‼

2 緊急《きんきゅう》!? 作戦会議《さくせんかいぎ》!

帰《かえ》ってきて、おれの部屋《へや》。

「「久遠《くおん》さんに、バレた!?」」

「わっ!」

おれは、星夜《せいや》とまひるから逃《に》げるように、半歩《はんぽ》、後《うし》ろに下《さ》がる。

けれど、すかさず、まひるにがっちり肩《かた》をつかまれた。

「朝陽《あさひ》、バレたってどういうこと? ああ、人生最大《じんせいさいだい》のピンチ! ちなみに、今《いま》までの最大《さいだい》のピンチは、推《お》しアイドルのライブチケットがぜんぶ落選《らくせん》したとき〜!」

「それ、本当《ほんとう》に最大《さいだい》のピンチ!? それに、まひる、その日《ひ》は会場《かいじょう》の近《ちか》くまで行《い》ってなかった? ……もしかして、やっぱりスキルでこっそりライブを視《み》てたの!?」

「そんなことするわけないでしょ。せめて、同《おな》じ空気《くうき》を吸《す》いたかったの! ハル兄《にい》との約束《やくそく》もあるし。スキルで中《なか》を視《み》たいなんて、ぜんぜん、これっぽっちも、99・9%《パーセント》しか思《おも》ってないから!」

それ、めちゃくちゃ思《おも》ってるやつ！　とにかく、まひるは、このままごまかして――。

「えーっと、そろそろ夕飯《ゆうはん》に行《い》かないと」

パシッ

今度《こんど》は、星夜《せいや》が、おれの肩《かた》をつかむ。

やさしいけれど不思議《ふしぎ》な威圧感《いあつかん》のあるほほ笑《え》みは、正面《しょうめん》から見《み》ると迫力《はくりょく》がすごい。

「朝陽《あさひ》。どういうことか、しっかり説明《せつめい》してくれるよな？」

（オレは、まひると違《ちが》ってごまかされないからな）

うっ、ここで心《こころ》を読《よ》むの、ズルくない⁉

あ〜。だから、あんまり言《い》いたくなかったのに！

それにしても、まひるは見《み》えないものを視《み》ようとしたり、星夜《せいや》は心《こころ》の声《こえ》が直接《ちょくせつ》聞《き》こえたり。

ちょっと不思議《ふしぎ》に思《おも》った？

じつは、おれたち神木《かみき》三《さん》きょうだいは、小《ちい》さいころから、めちゃくちゃすごいスキル、〈神《かみ》スキル〉を持《も》ってるんだ。

中学《ちゅうがく》二年生《ねんせい》の長男《ちょうなん》・星夜《せいや》は、『人《ひと》の心《こころ》を読《よ》むスキル』。

中学《ちゅうがく》一年生《ねんせい》の長女《ちょうじょ》・まひるは『はなれた場所《ばしょ》を視《み》るスキル』。

そして、小六《しょう》のおれ、朝陽《あさひ》は『ふれずに物《もの》を動《うご》かすスキル』。

それぞれ、いろんな制限《せいげん》があるんだけど、うまく使《つか》えばけっこう便利《べんり》なスキル。

でも、だからこそ、使《つか》い方《かた》によっては危険《きけん》なことにもなるから、おれたちは保護者《ほごしゃ》のハル兄《にい》と、神《かみ》スキルについて大事《だいじ》な約束《やくそく》をしてる。

一、犯罪《はんざい》や悪《わる》いことには使《つか》わないこと
二、危険《きけん》な使《つか》い方《かた》をしないこと

この二つに加《くわ》えて、きょうだい三人《にん》で決《き》めた三つ目《め》の約束《やくそく》が、じつは一番大事《いちばんだいじ》！

三、神《かみ》スキルをヒミツにすること

これは、特《とく》に星夜《せいや》のための約束《やくそく》。星夜《せいや》は小学生《しょうがくせい》のとき、スキルを使《つか》って困《こま》ってる友《とも》だちを助《たす》けた結果《けっか》、心《こころ》が読《よ》めるんじゃないかと疑《うたが》われて、こわがられたことがあるからだ。

きょうだいを守《まも》るための、おれたちの大事《だいじ》な約束《やくそく》——なんだけど。

六年生《ねんせい》になってすぐの春《はる》、おれたちは〈ニセ札製造事件《さつせいぞうじけん》〉に巻《ま》きこまれたクラスメイトの久遠《くおん》さんを、スキルを使《つか》ってこっそり助《たす》けだしたんだ。

もちろん、正体《しょうたい》はヒミツ。もしバレたら、神《かみ》スキルのヒミツを守《まも》れなくなるから。

……だったんだけど。

「「じ――っ……」」

まひると星夜《せいや》が、じとっとした目《め》で見《み》てくる。

あ～、わかったって。ちゃんと話《はな》すって！

「じつは、運動会《うんどうかい》が終《お》わったあと、昇降口《しょうこうぐち》でニセ札事件《さつじけん》のことで呼《よ》びとめられて……」

＊　　＊　　＊

久遠《くおん》さんが、真剣《しんけん》な視線《しせん》を向《む》けてくる。

『**朝陽《あさひ》くんって、もしかして――**』

ドキッ!!

やっぱり、助《たす》けたのがおれだって、バレてる!?

ああ、ダメだ。終《お》わった！　まひる、星夜《せいや》、ごめん！

『──事件《じけん》のとき、わたしのこと、だれかに話《はな》さなかった？』

『……………え』

どういうこと？

『あ、ごめんね。急《きゅう》にこんな話《はなし》して……ええと、朝陽《あさひ》くんも、宮野警部《みやのけいぶ》の話《はなし》やニュースの報道《ほうどう》で、わたしを助《たす》けてくれた〈協力者《きょうりょくしゃ》〉さんがいたことは知《し》ってるよね？』

『えっ、うん。それはまあ』

だって、その〈協力者《きょうりょくしゃ》〉は、おれたちのことだし。

『わたし、〈協力者《きょうりょくしゃ》〉さんの正体《しょうたい》が、ずっと気《き》になってて。それで、気《き》づいたことがあるの』

『気《き》づいたこと？』

『うん。事件《じけん》のとき、わたしは朝陽《あさひ》くんに、脅迫《きょうはく》されていたお父《とう》さんのことを相談《そうだん》したよね？　だから、〈協力者《きょうりょくしゃ》〉さんは、朝陽《あさひ》くんから話《はなし》を聞《き》いて、わたしを助《たす》けに来《き》てくれたんじゃないかって……』

え。

久遠《くおん》さんは、じっとおれを見《み》た。

『朝陽《あさひ》くんは、わたしのこと、だれかに話《はな》した？　何《なに》か心当《こころあ》たり、ある？』

『え！　えーっと』

たしかに、まひると星夜《せいや》には話《はな》したし、気《き》づくどころか、ぜんぶ知《し》ってる。

知《し》ってる……けど。ごめん、久遠《くおん》さん！

『だ……ダレニモハナシテナイシ、シラナイカモ』

『そっか……ありがとう、朝陽《あさひ》くん。ごめんね。突然《とつぜん》、変《へん》なこと聞《き》いて』

『ううん、気《き》にしないで』

ふーっ、よかった。おれたちの正体《しょうたい》、バレてなかった！

まひると星夜《せいや》に怒《おこ》られるところだった。でも、これで、久遠《くおん》さんを警戒《けいかい》しなくてすむ……。

『……………（じーっ）』

……………あれ。

話《はなし》は終《お》わったはずなのに、久遠《くおん》さんが、まだ、おれのこと見《み》てる⁉

『く、久遠《くおん》さん！　えーっと、あの、その、おれ――』

『夕花梨《ゆかり》、迎《むか》えに来《き》たぞー』

『あ、お父《とう》さんだ。じゃあ、朝陽《あさひ》くん、またね』

『えっ、あっ、あの！』

もしかして、おれのこと、まだ疑《うたが》ってる――!?

おれは、力無《ちからな》く手《て》を伸《の》ばしながら、遠《とお》ざかる久遠《くおん》さんの背中《せなか》を見《み》おくった。

＊　＊　＊

「「……それ、絶対《ぜったい》」」

「**バレてないね**」「**バレてるな**」

「ええっ。二人《ふたり》とも、どっち⁉」

おれのツッコミに、まひると星夜《せいや》は、きょとんと顔《かお》を見《み》あわせた。

「うーん、この話《はな》しぶりなら、だいじょうぶじゃない？　あのときは、わたしのコーディネートした変装《へんそう》グッズも身《み》につけてたし。まったく問題《もんだい》なし、オールオーケー！」

「いや、そうとも言《い》えない。朝陽《あさひ》にボロを出《だ》させるために、あえて話《はな》した可能性《かのうせい》もあるな」

「えっ。それって、久遠《くおん》さんがウソをついてるってこと？」

久遠《くおん》さんはそんなことしないと思《おも》うけど。

「運動会《うんどうかい》の後《あと》も変《か》わった様子《ようす》はなかったよ。教室《きょうしつ》でも、ふつうだったし」

「それは、あくまで朝陽《あさひ》が観察《かんさつ》したかぎりだろ？　人《ひと》は、本当《ほんとう》の気持《きも》ちをかくすものだからな」

うっ。心《こころ》が読《よ》める星夜《せいや》が言《い》うと、説得力《せっとくりょく》ある！

まひるが、肩《かた》をすくめた。

「は〜。星夜《せいや》は心配《しんぱい》しすぎ。それじゃあ、せっかくのスクール・キャンプも楽《たの》しめないよ？」

「それはそうだけど……それにしても、まひるは、やけに気合《きあ》いが入《はい》ってるな」

「だって、去年《きょねん》は風邪《かぜ》で行《い》けなかったでしょ？　何《なに》より、今年《ことし》は桜子《さくらこ》といっしょだから！」

まひるは手《て》を組《く》むと、目《め》をキラキラと輝《かがや》かせた。

「桜子《さくらこ》は、スクール・キャンプ初参加《はつさんか》なの！　二人《ふたり》でアウトドアなお出《で》かけをするのも初《はじ》めてなんだ。あ〜、早《はや》く荷物《にもつ》を準備《じゅんび》しなきゃ。とっておいたお年玉《としだま》で、可愛《かわい》いパジャマも買《か》って〜♪」

まひる。それ、キャンプに必要《ひつよう》？　星夜《せいや》も苦笑《にがわら》いしてるし。

「まひるらしいな。でも……やっぱり心配《しんぱい》だな。同《おな》じグループでボロを出《だ》したら、ますます久遠《くおん》さんにあやしまれるかも――」

「はいはい、星夜《せいや》。その話《はなし》はストップ！」

まひるが、シワが寄《よ》った星夜《せいや》の眉間《みけん》に、人《ひと》さし指《ゆび》をピッと向《む》けた。

「心配《しんぱい》ばっかりしてたら、楽《たの》しいことも楽《たの》しくなくなっちゃうよ。スキルのことを忘《わす》れちゃうくらい、五人《にん》で思《おも》いっきり楽《たの》しまなきゃ。それに、何《なに》かあっても、三人《にん》いっしょならだいじょうぶ！」

そう言《い》って、まひるが、明《あか》るくウインクする。

こういうとこ、まひるはすごい。なんだか、明《あか》るい気持《きも》ちにさせられちゃうんだよな。

星夜《せいや》も、ふっと笑《わら》った。

「……そうだな。神《かみ》スキルを使《つか》わないようにすることだけ気《き》をつけて、あとは、自然体《しぜんたい》で過《す》ごすのが一番《いちばん》よさそうだ。朝陽《あさひ》は、緊張《きんちょう》するだけボロが出《で》そうだから」

「ええっ！　星夜《せいや》、ひどくない!?」

ほんとのことだけど！

「よーしっ。とにかく遊《あそ》んで遊《あそ》んで、遊《あそ》びつくそう！　**スクール・キャンプへ、レッツゴー！**」

「ゴー！」

高《たか》く上《あ》がったまひるの手《て》に、おれもハイタッチする。

久遠《くおん》さんのこと、キャンプの前《まえ》に言《い》えてよかった。

やっぱり、話《はな》したほうがすっきりする！

「みんな、お夕飯《ゆうはん》できたよ～」

「あ、ハル兄《にい》だ。行《い》こう」

みんなで一階《かい》へ階段《かいだん》をかけおりる。

リビングのドアを開《あ》けると、焼《や》けたお肉《にく》とソースの香《こう》ばしいかおりがただよってきた。

テーブルに置《お》かれたプレートの上《うえ》で、まん丸《まる》のお肉《にく》が、じゅうじゅう鳴《な》ってる！

「ハンバーグだ！　もしかして、スクール・キャンプ前《まえ》のごちそう？」

「当《あ》たり。ふわふわの、特製《とくせい》レシピだよ」

ハル兄《にい》が、キッチンからうれしそうに顔《かお》を出《だ》した。

ハル兄《にい》――若月春斗《わかつきはると》は、おれたちのいとこ。

そして、父《とう》さんと母《かあ》さんが仕事《しごと》で海外《かいがい》に行《い》っている間《あいだ》の、おれたち三人《にん》の保護者《ほごしゃ》だ。

料理《りょうり》が神《かみ》うまいだけじゃなくて、かっこよくてやさしい、頼《たよ》れる家族《かぞく》なんだ。

「みんな、スクール・キャンプの話《はなし》をしてたの？　みんなが出《で》かけたら、家《いえ》に一人《ひとり》で、さみしくなるなあ。でも、せっかくだから、たまには一人《ひとり》でゴロゴロしてもいいかもね」

ハル兄《にい》が、ゴロゴロ？　いつも家事《かじ》が神《かみ》スキルレベルだから、ぜんぜん想像《そうぞう》できない！

「わたしも、ハル兄《にい》には、ゴロゴロを楽《たの》しんでほしいけど、最近《さいきん》はアブナイ事件《じけん》も多《おお》いから、気《き》をつけてね。ほら」

まひるが、リモコンで指《さ》す。

レポーターの女《おんな》の人《ひと》が、高《たか》いビルが並《なら》ぶ街中《まちなか》で、熱心《ねっしん》にしゃべっている。

その後《うし》ろに映《うつ》った宝石店《ほうせきてん》のドアのガラスが、粉々《こなごな》になっていた。

『こちら、現場《げんば》の浅見《あさみ》です。深夜《しんや》に襲《おそ》われた宝石店《ほうせきてん》には、いまだ大《おお》きな被害《ひがい》のあとが残《のこ》されています。強盗犯《ごうとうはん》に奪《うば》われた宝石《ほうせき》は三百点《てん》。中《なか》でも、ダイヤモンドの星形《ほしがた》のイヤリングは一点《てん》で五百万円《まんえん》。十年前《ねんまえ》から活動《かつどう》している連続強盗《れんぞくごうとう》の可能性《かのうせい》が高《たか》く、被害総額《ひがいそうがく》は一億円《おくえん》を超《こ》え――』

「一億円《おくえん》⁉」

思《おも》わず叫《さけ》ぶ。星夜《せいや》も、眉《まゆ》をひそめた。

「連続強盗《れんぞくごうとう》か。ひどいな。ハル兄《にい》、さすがに、家《いえ》に宝石強盗《ほうせきごうとう》は来《こ》ないと思《おも》うけど、いつも以上《いじょう》に防犯《ぼうはん》には気《き》をつけて」

「ありがとう、星夜《せいや》。家《いえ》はまかせて。とにかく、楽《たの》しいキャンプになるといいね。そうだ。もし寝坊《ねぼう》して、バスの集合時間《しゅうごうじかん》に遅《おく》れたら、ぼくが、車《くるま》でキャンプの場所《ばしょ》まで送《おく》ってあげるよ」

「「**えっ、ハル兄《にい》が車《くるま》で？**」」

おれは、ハル兄《にい》の笑顔《えがお》を見《み》ながら、星夜《せいや》のT《ティー》シャツのすそを、ぎゅっとつかむ。

星夜《せいや》は、スキルのせいで、触《ふ》れあった人《ひと》の心《こころ》の声《こえ》が強制的《きょうせいてき》に聞《き》こえる。

だから、こうすれば、確実《かくじつ》におれの心《こころ》が伝《つた》わって、まひるとも心《こころ》をつないでくれるはずだ。

（星夜《せいや》。たしか、キャンプの場所《ばしょ》まで二時間《じかん》はかかったよね？　しかも、最後《さいご》は山道《やまみち》で……）

（ああ、カーブの連続《れんぞく》だ。いつもより荷物《にもつ》が多《おお》いから、車《くるま》は、さらに大《おお》きく揺《ゆ》れるだろうな。それはもう、絵《え》に描《か》いたように……）

（ええ～!?　普通《ふつう》の道《みち》でも、ハル兄《にい》の運転《うんてん》は上《じょう》下《げ》左《さ》右《ゆう》に揺《ゆ》れるジェットコースターなのに!?

しかも、ハル兄《にい》なら絶対《ぜったい》に四時間《じかん》はかかる！）

まさに、地獄《じごく》への片道《かたみち》きっぷ。

生《い》きてキャンプ場《じょう》にたどりつけても、キャンプ終了《しゅうりょう》まで寝《ね》こんだっておかしくない！

((絶対《ぜったい》、寝坊《ねぼう》しないようにしないと！))

おれは、ダイニングのイスにさっと座《すわ》ると、ほかほかのハンバーグにかぶりつく。

んんっ、やわらかっ。しかも、肉汁《にくじゅう》がじゅわっと出《で》てくる！

でも――急《いそ》がなきゃ。ごめん、ハンバーグ！

「おれ、今日《きょう》からキャンプまで早寝早起《はやねはやお》きする。ごはん食《た》べてお風呂《ふろ》に入《はい》ったら、すぐ寝《ね》る！」

いつの間《ま》にか、星夜《せいや》とまひるもテーブルについている。

「オレも、しばらく寝《ね》る前《まえ》の読書《どくしょ》を十五分《ふん》減《へ》らす。命《いのち》があれば、本《ほん》は後《あと》で読《よ》めるから……」

「わ、わたしも、荷物《にもつ》を入《い》れるか迷《まよ》わないように、一番大《いちばんおお》きなバッグを持《も》ってく～！　入《はい》らなかったぶんは、こっそり星夜《せいや》と朝陽《あさひ》のバッグに入《い》れる！」

「ふふっ、もう楽《たの》しそうだね。キャンプ中《ちゅう》は、いいお天気《てんき》が続《つづ》くといいなあ。そうだ、雨《あめ》だったら学校《がっこう》まで送《おく》るよ。大《おお》きな荷物《にもつ》を持《も》って傘《かさ》をさすのは大変《たいへん》だからね」

((だったら、超特大《ちょうとくだい》のてるてるぼうずも作《つく》らないと！))

おれたちは、ふわふわのハンバーグにうっとりしつつ、心《こころ》を重《かさ》ねて固《かた》く誓《ちか》いあったのだった。

3 スクール・キャンプ、スタート！

スクール・キャンプ当日《とうじつ》の朝《あさ》。

ハル兄《にい》も協力《きょうりょく》してくれた、特大《とくだい》てるてるぼうず四つのおかげで、まぶしいくらいの快晴《かいせい》だ。

——なのに。

「あー、なんでこんなギリギリなわけ⁉」

おれは、リボンつき特大《とくだい》リュックをせおって走《はし》りながら、空《そら》に叫《さけ》んだ。

代《か》わりに持《も》ったまひるのリュック、デカいし重《おも》すぎ！

すでに、予定《よてい》を十五分《ふん》オーバー。もう遅刻《ちこく》ギリギリだ。

あんなに、寝坊《ねぼう》しないように約束《やくそく》しあったのに！

「あ～あ、おれはバッチリ早起《はやお》きしたのに、まひるが、最後《さいご》におれのリュックをいじるから！」

「だって～！　天気予報《てんきよほう》を見《み》なおしたら、短時間《たんじかん》だけど、強《つよ》い雨《あめ》が降《ふ》る確率《かくりつ》が上《あ》がってたんだもん。だから、雨用《あめよう》パーカーに入《い》れかえてあげたの。それに、遅《おく》れたのは星夜《せいや》も同《おな》じだから！」

「うっ……遅刻《ちこく》を気《き》にしてたら、逆《ぎゃく》に寝《ね》つきが悪《わる》くなって。とにかく急《いそ》ごう。間《ま》に合《あ》わなかったら、本当《ほんとう》にハル兄《にい》の車《くるま》に乗《の》ることになる」

それは困《こま》る！

励《はげ》ましあいながら、学校前《がっこうまえ》の急《きゅう》な坂《さか》を一気《いっき》に駆《か》けあがる。

着《つ》いた、学校《がっこう》！

「はあっ、はあっ、バスは⁉」

正門《せいもん》の奥《おく》をのぞくと、広《ひろ》いアプローチに大型《おおがた》バスが二台《だい》、停《と》まっている。

星夜《せいや》が、まひるを支《ささ》えながら先生《せんせい》に近《ちか》づく。

「はあっ。先生《せんせい》、おはようございます。もしかして、ぼくたちが最後《さいご》ですか？」

「だいじょうぶ。あと一人《ひとり》、待《ま》ってるところだよ」

よかった。ギリギリセーフ！

大《おお》あわてで荷物《にもつ》をトランクにのせ、バスに乗《の》りこむ。

ステップを上《のぼ》ると、一番奥《いちばんおく》の座席《ざせき》で、おれたち〈K《ケー》グループ〉の小《ちい》さな旗《はた》が揺《ゆ》れている。

振《ふ》っているのは久遠《くおん》さんだ。動《うご》きやすそうなパーカー姿《すがた》で、にっこり笑《わら》ってる。

あれ。でも、久遠《くおん》さんだけ？　たしか、もう一人《ひとり》――。

「先生《せんせい》、遅《おそ》くなりました！」

おれたちの後《うし》ろから、髪《かみ》の長《なが》い女《おんな》の子《こ》がバスに乗《の》りこんでくる。

家《いえ》でも、何度《なんど》か見《み》かけたことがある。

まひるの親友《しんゆう》の、大川桜子《おおかわさくらこ》さんだ。

一番後《いちばんうし》ろの席《せき》に、久遠《くおん》さんとまひると大川《おおかわ》さん。その前《まえ》の二人《ふたり》がけに、おれと星夜《せいや》が座《すわ》る。

シートベルトをしめるとすぐに、バスがゆっくりと動《うご》きだした。

ふー、なんとか出発《しゅっぱつ》！

外《そと》の景色《けしき》が、勢《いきお》いよく流《なが》れはじめると、大川《おおかわ》さんも、ふうっと息《いき》をついた。

「みんな、遅《おく》れてごめんなさい。家《いえ》を出《で》るときにバタバタして……」

「桜子《さくらこ》が、めずらしいね。ま、気《き》にしないで。わたしたちもギリギリだったから。よし！　全員《ぜんいん》そろったことだし、あらためて自己紹介《じこしょうかい》しよう。初対面《しょたいめん》の人《ひと》もいるからさ」

「オーケー。おれも、大川《おおかわ》さんを紹介《しょうかい》してほしいかも。ほとんど話《はな》したことないから——」

(朝陽《あさひ》、まひる。少《すこ》しいいか？)

突然《とつぜん》、頭《あたま》の中《なか》に星夜《せいや》の声《こえ》が響《ひび》く。星夜《せいや》の心《こころ》の声《こえ》だ。

(スクール・キャンプが始《はじ》まる前《まえ》に、確認《かくにん》だ。この二泊三日《はくみっか》は、事件《じけん》で朝陽《あさひ》を目撃《もくげき》してる久遠《くおん》さんと、まひるの親友《しんゆう》の大川《おおかわ》さんもいる。いつも以上《いじょう》に、神《かみ》スキルがバレないように――）

（星夜《せいや》、だいじょうぶ。さすがにおれたちもわかってるって。な、まひる）

（うんうん！　気《き》をつけるよ。夕花梨《ゆかり》ちゃんはともかく、わたしはもう桜子《さくらこ》と七年目《ねんめ》のつきあいなんだから、だいじょうぶ。よーし）

みんなが向《む》かいあうと、まひるが胸《むね》を張《は》る。

「コホン！　じゃあ、わたしから。神木《かみき》まひる。中一《ちゅう》で、朝陽《あさひ》の姉《あね》です。まひるって呼《よ》んでね。よろしく、夕花梨《ゆかり》ちゃん」

「はい。よろしくお願《ねが》いします。……あれ？　わたしたち、初対面《しょたいめん》ですよね。どうして、わたしの名前《なまえ》を知《し》ってるんですか？」

「「あ～～～！」」

おれは、まひると声《こえ》をそろえて叫《さけ》ぶ。

そうだった。まひるも星夜《せいや》も、事件《じけん》の調査《ちょうさ》で久遠《くおん》さんのことをよく知《し》ってるけど、久遠《くおん》さんからすると、ほとんど知《し》らない人《ひと》だっけ！

「はあ……」

星夜《せいや》が、イスのかげで小《ちい》さくため息《いき》をつく。まひるは、大《おお》きな目《め》をぐるぐると泳《およ》がせた。

「あ、ああ～！　ええっと、朝陽《あさひ》から聞《き》いたの。かわいい名前《なまえ》で、一度《ど》で覚《おぼ》えちゃって！　わたし、記憶力《きおくりょく》がいいんだよね。ね、桜子《さくらこ》！」

「うん。本当《ほんとう》にすごいよね。久遠《くおん》さん、まひるちゃんは、小学校《しょうがっこう》の入学試験《にゅうがくしけん》からずっと学年《がくねん》一位《い》なんだよ。それに、〈まひるのカン〉って言《い》って、なくしものの場所《ばしょ》や、よく当《あ》たるお昼休《ひるやす》みの天気予報《てんきよほう》でも有名《ゆうめい》でね――」

（まひる。それ、近《ちか》くの空《そら》をスキルで視《み》てない？　めっちゃ学校《がっこう》でスキル使《つか》ってるじゃん）

（一番《いちばん》の問題《もんだい》は、朝陽《あさひ》じゃなくてまひるだったのか……）

（え～ん、スキルはバレてないんだから、いいじゃない！　人助《ひとだす》けだし！）

「とっ、とにかくよろしくね、夕花梨《ゆかり》ちゃん。

あ、こっちは、大川桜子《おおかわさくらこ》。わたしの親友《しんゆう》なの」

「はじめまして、大川桜子《おおかわさくらこ》です。気軽《きがる》に、桜子《さくらこ》って呼《よ》んでね。よろしく」

「はい。わたしも夕花梨《ゆかり》でお願《ねが》いします。桜子《さくらこ》って、すてきな名前《なまえ》ですね。ね、まひるさん」

「夕花梨《ゆかり》ちゃんも、そう思《おも》う⁉ 気《き》だてがよくて、しっかりものの桜子《さくらこ》に、ぴったりの名前《なまえ》だよね。しかも、すごく話《はな》しやすいの。クラスでも頼《たよ》りにされてるんだ。長《なが》い髪《かみ》の毛《け》が、サラサラできれいでしょ？ わたしも、最近《さいきん》、桜子《さくらこ》と同《おな》じシャンプーを試《ため》してて――」

「まひる、熱《あつ》く語《かた》りすぎ！」

でも、よっぽど自慢《じまん》の親友《しんゆう》なんだ。

「ま、まひるちゃん、落《お》ちついて。ちょっと照《て》れちゃうから……星夜先輩《せいやせんぱい》、朝陽《あさひ》くんも、スクール・キャンプの間《あいだ》、よろしくお願《ねが》いします」

「こちらこそ、よろしく。神木星夜《かみきせいや》です。星夜《せいや》でいいよ。久遠《くおん》さんも」

あ、おれも！ 第一印象《だいいちいんしょう》は、大事《だいじ》にしないと。

「神木朝陽《かみきあさひ》です。大川《おおかわ》さん、三日間《みっかかん》、よろしくお願《ねが》いします」

「ふふっ、そんなにかしこまらなくていいよ。こちらこそ、よろしくね」

大川《おおかわ》さんが、おだやかにほほ笑《え》む。中一《ちゅう》とは思《おも》えないくらい大人《おとな》っぽい。

まひると、ぜんぜん違《ちが》う！　これくらいじゃないと、まひるの親友《しんゆう》はやれなかったりして。

当《とう》のまひるが、満足《まんぞく》そうにうなずく。

「よーし、これで自己紹介《じこしょうかい》はバッチリね。みんな、二泊三日《はくみっか》、よろしく！　それにしても、少《すこ》しひんやりしてきた？　窓《まど》から吹《ふ》いてる風《かぜ》が冷《つめ》たいような……」

「あっ。まひるちゃん、外《そと》を見《み》て」

大川《おおかわ》さんの言葉《ことば》に、おれも、背《せ》を向《む》けていた窓《まど》に、ぴったり張《は》りつく。

もうバスは、街《まち》をはなれて、山深《やまぶか》い道《みち》をひたはしっている。右《みぎ》も左《ひだり》も、木《き》、木《き》、木《き》だ。

いつの間《ま》に？　話《はなし》に集中《しゅうちゅう》してて、ぜんぜん気《き》づいてなかった！

——キラキラッ
「？　なんだろ。木《き》の向《む》こうで何《なに》か光《ひか》ってる？」

すごく大《おお》きな何《なに》かに見《み》えるけど……。

目《め》をこらしていると、バスがカーブを抜《ぬ》けた瞬間《しゅんかん》、大《おお》きな水音《みずおと》とともにパッと木々《きぎ》が開《ひら》けた。

「——川《かわ》だ！」

幅《はば》が数十《すうじゅう》メートルはありそうな大《おお》きな川《かわ》が、道路《どうろ》の横《よこ》をゆったりと流《なが》れている。

水《みず》がウソみたいにすんでる。今《いま》すぐ飛《と》びこめそう！

久遠《くおん》さんも、まぶしそうに外《そと》を見《み》る。

「大《おお》きな川《かわ》！　川辺《かわべ》に行《い》くだけで気持《きも》ちよさそうですね。もしかして、川下《かわくだ》りする川《かわ》ですか？」

「ああ、そうじゃないかな。あそこにボートが見《み》えるから」

星夜《せいや》が指《ゆび》さした上流《じょうりゅう》のほうに見《み》える赤《あか》い点《てん》に、まひるも目《め》を輝《かがや》かせた。

「わあ、すごい。ここから見《み》ても迫力《はくりょく》あるね。緊張《きんちょう》してきた！　桜子《さくらこ》は、何《なに》が楽《たの》しみ？」

「そうだね……二日目《ふつかめ》の登山《とざん》かな。花《はな》が好《す》きだから、きれいなお花《はな》が見《み》られるのを楽《たの》しみにしてるの。夕花梨《ゆかり》ちゃんは？」

「わたしもです！　あと、今日《きょう》のカレー作《づく》りも楽《たの》しみで――」

これからの三日間《みっかかん》について話《はな》しはじめると、みんな一気《いっき》に盛《も》りあがる。

おれも、楽《たの》しみ。待《ま》ちきれない！

バスは、川《かわ》にかかった橋《はし》を走《はし》りぬけると、さらに山道《やまみち》をのぼりはじめた。

宿泊施設《しゅくはくしせつ》まで、もうすぐかな？

「そういえば、まひる。今回泊《こんかいと》まる施設《しせつ》って、かなり新《あたら》しいって言《い》ってたっけ？」

「そうなの。できて、まだ一年《ねん》もたってないんだって。インターネットで見《み》た写真《しゃしん》も、すごくきれいだったよ。ジップラインとか外《そと》で遊《あそ》ぶ設備《せつび》も充実《じゅうじつ》してて。あ、ほら、あそこ！」

まひるが、木々《きぎ》の向《む》こうに見《み》えてきた、ログハウス風《ふう》の二階建《かいだ》ての建物《たてもの》を指《ゆび》さす。

大《おお》きな窓《まど》が特徴《とくちょう》の、真新《まあたら》しい宿泊施設《しゅくはくしせつ》だ。玄関《げんかん》の前《まえ》で、スタッフさんたちが手《て》を振《ふ》っている。

駐車場《ちゅうしゃじょう》に停《と》まったバスから降《お》りると、若《わか》い男性《だんせい》スタッフさんが荷物《にもつ》を出《だ》してくれた。

背《せ》が高《たか》い、短《みじか》い茶髪《ちゃぱつ》のお兄《にい》さんだ。きびきびしていて、元気《げんき》がいい。

「ようこそ、宝川自然《たからがわしぜん》の家《いえ》へ！　荷物《にもつ》を持《も》ったらすぐに部屋《へや》に行《い》ってね。もう準備《じゅんび》できてるよ」

「ありがとうございます！」

スタッフさんからカギをもらって、おれと星夜《せいや》は、さっそく施設《しせつ》に入《はい》る。

中《なか》も、きれいだ。ピカピカの玄関《げんかん》、廊下《ろうか》を通《とお》って、ゆっくりと階段《かいだん》を上《のぼ》る。

「本当《ほんとう》に、できたばっかりなんだ。すごい！」

「そうだな。オレと朝陽《あさひ》の部屋《へや》は、二一七号室《ごうしつ》。二階《かい》の真《ま》ん中《なか》か。二一七、二一七……ここだ」

ガチャッ
真《ま》っ白《しろ》なドアを開《あ》けて中《なか》に入《はい》ると、広《ひろ》い部屋《へや》が目《め》に飛《と》びこんでくる。

左右《さゆう》に二段《だん》ベッドがある四人部屋《にんべや》だ。正面《しょうめん》には、きれいな山《やま》が見《み》わたせる大《おお》きな窓《まど》がある。

二段《だん》ベッドが、いかにも山《やま》の家《いえ》ってかんじ。雰囲気《ふんいき》、出《で》てきた！

「うっ、どのベッドを使《つか》うか迷《まよ》う！　星夜《せいや》はどこがいい？」

「オレは、どっちでも。朝陽《あさひ》が先《さき》に決《き》めてくれ」

「いいの？　う〜ん、じゃあ……上《うえ》！」

タタタッと二段《だん》ベッドにのぼって寝《ね》ころぶと、星夜《せいや》が下《した》に腰《こし》かける。

上下《じょうげ》で同《おな》じベッドか。夜《よる》は、星夜《せいや》を上《うえ》から見下《みお》ろせておもしろいかも。

「星夜《せいや》〜、朝陽《あさひ》〜」

「？　まひるか？」

星夜《せいや》といっしょに窓《まど》を開《あ》けると、すぐ下《した》の部屋《へや》から、だれかが手《て》を振《ふ》っている。

まひるだ——。あっ。大川《おおかわ》さんと久遠《くおん》さんが、まひるを部屋《へや》に引《ひ》っぱってる⁉

「まひるちゃん、落《お》ちついて。身《み》を乗《の》りだしたら危《あぶ》ないよ？」

「だいじょうぶだって。ここ、一階《かい》だから。あ、二人《ふたり》とも、いた！　この後《あと》、すぐバス移動《いどう》でラフティングだって。こっちは準備《じゅんび》できたけど、そっちも行《い》けそう？」

「もちろん！」

最初《さいしょ》から、騒《さわ》がしくなりそう！

おれは星夜《せいや》と、すぐ部屋《へや》を飛《と》びだしたのだった。

4 川《かわ》下《くだ》りはスリル満《まん》点《てん》!?

バスに乗《の》ってやってきたのは、さっき見《み》た大《おお》きな川《かわ》。
スクール・キャンプ、最初《さいしょ》の活動《かつどう》は〈ラフティング〉。
大《おお》きなゴムボートで激《はげ》しい流《なが》れを下《くだ》る、ドキドキの川下《かわくだ》りだ。

ザアアアアアッ――

「わあっ、速《はや》い！」「キャー！」

目《め》の前《まえ》を、真《ま》っ赤《か》なボートが、どんどん流《なが》れていく。

ボートが上下《じょうげ》にうねるたび、大《おお》きな水《みず》しぶきがバシャバシャと上《あ》がる。

すごいスピード！　あ〜、うずうずする！

川辺《かわべ》のボート小屋《ごや》のそばで、おれは、ぎゅっとこぶしをにぎった。

「順番《じゅんばん》、まだ!?　おれは、もう今《いま》すぐでも――」

ガツッ！

「うわっ！」

「あああ～、朝陽《あさひ》、どうしよう～～～！　こわすぎる～～～！」

後《うし》ろから、まひるに両肩《りょうかた》をつかまれる。まるで、ユーレイにとりつかれたみたいだ。

「な、流《なが》れが速《はや》すぎない？　しかも深《ふか》そう！　こんな川《かわ》に転落《てんらく》したら助《たす》からないよ、桜子《さくらこ》～！」

「ええっと……まひるちゃん、ボート小屋《ごや》が近《ちか》づくにつれて、こんなふうになっちゃって」

「まひるさん、だいじょうぶですか？」

大川《おおかわ》さんと久遠《くおん》さんが、心配《しんぱい》そうに声《こえ》をかける。後《うし》ろで見《み》まもっていた星夜《せいや》が肩《かた》をすくめた。

（まあ、なんとなくこうなることはわかってたけど）

（……うん。おれも）

だって、まひるは運動《うんどう》が苦手《にがて》で——泳《およ》ぎも、もちろん大《だい》の苦手《にがて》だから！

（お、泳《およ》げないわけじゃないからね？　息《いき》つぎができないだけ！　シュノーケルがあったら、波《なみ》に揺《ゆ》られてどこまでも行《い》けるんだから！）

えーと、まひる。それって、泳《およ》げるって言《い》えるの？

「ま、だいじょうぶだって。スタッフさんもいっしょに乗《の》るし、ライフジャケットも着《き》るし」

「そうだけどー！　本当《ほんとう》にライフジャケットって浮《う》く？　三個《こ》くらい着《き》たほうがいい⁉」

「ははは。だいじょうぶだよ。でも、自分《じぶん》の装備《そうび》を信《しん》じすぎないのは、いいことだね」

え？

明《あか》るい声《こえ》にふりむくと、スタッフさんがいつのまにか後《うし》ろまで来《き》ていた。

あ、この人《ひと》、さっきバスを降《お》りたとき、荷物《にもつ》を出《だ》してくれた人《ひと》だ。

笑顔《えがお》がさわやかな人《ひと》だな。背《せ》も高《たか》くて、山《やま》の人《ひと》ってかんじ。

「今回《こんかい》、スクール・キャンプでの担当《たんとう》になった速水祐希《はやみゆうき》です。みんな、よろしくね」

「よろしくお願《ねが》いします！」

みんなであいさつすると、速水《はやみ》さんは明《あか》るく笑《わら》った。

「うん。みんな、体調《たいちょう》はよさそうだね。じゃあさっそく、準備《じゅんび》を始《はじ》めよう。最初《さいしょ》に、ライフジャケットとヘルメットを配《くば》るよ。留《と》め具《ぐ》はカチッと鳴《な》るまで押《お》しこんで、ひもで調整《ちょうせい》してね」

「ええっと、まずはヘルメットをかぶって……」

首《くび》を左右《さゆう》に振《ふ》って、よし、外《はず》れない。

ライフジャケットもしめすぎず、ゆるすぎず……と。

星夜《せいや》は、もう着《き》おわってる。まひるも、大川《おおかわ》さんや久遠《くおん》さんと協力《きょうりょく》してベルトの調整中《ちょうせいちゅう》だ。

みんなが着《き》おえたタイミングをねらって、速水《はやみ》さんがすかさず話《はな》す。

「これで、装備《そうび》はだいじょうぶ。ここからは、ラフティング中《ちゅう》の注意《ちゅうい》です。まず、ボートから落《お》ちてもあわてないこと。下流《かりゅう》に足《あし》を向《む》けて手足《てあし》を浮《う》かせ、ラッコのポーズをとってください」

「ラッコって、こう？」

まひるが、両手《りょうて》とつま先《さき》を上《あ》げると、速水《はやみ》さんがうなずく。

「うん、いいね。何《なに》かあっても、安全姿勢《あんぜんしせい》をとればだいじょうぶ。まわりのみんなもあわてず、ぼくの指示《しじ》にしたがってね。絶対《ぜったい》に、ボートの中《なか》で急《きゅう》に立《た》ちあがらないこと。いいかな？」

説明《せつめい》しおえると、速水《はやみ》さんはボート小屋《ごや》のほうを向《む》いた。

「それじゃあ、さっそくチャレンジしてみよう。まずは、ボートを運《はこ》ぼうか」

速水《はやみ》さんの指示《しじ》で、準備《じゅんび》されていたボートのまわりを、みんなでかこむ。

空気《くうき》がパンパンにつまった、ふちが大《おお》きいボートだ。

ふちについたロープをつかんで、かけ声《ごえ》をかける。

「せーの、よっ！」

うわっ、重《おも》い！

みんなで声《こえ》をかけあいながら、速水《はやみ》さんも入《い》れた六人《にん》でボートを川辺《かわべ》に運《はこ》ぶ。

川岸《かわぎし》にボートを置《お》いて乗《の》りこみ、水《みず》をかくための板《いた》がついた棒《ぼう》——パドルを受《う》けとる。

パドルの使《つか》い方《かた》、ボートの座《すわ》り方《かた》を教《おし》えてもらっていると、あっという間《ま》に順番《じゅんばん》だ。

「次《つぎ》、Ｋ《ケー》グループさん」

来《き》た！

みんなで、ボートを手《て》に、ゆっくりと川《かわ》に近《ちか》づく。

足《あし》が、急《きゅう》にひんやりする。水《みず》につかった、と思《おも》った瞬間《しゅんかん》、手元《てもと》のボートが川《かわ》に浮《う》いた。

「わっ」

こんなに、きれいに浮《う》くんだ！　次《つぎ》は、ボートが動《うご》かないうちに——。

「よっ」

トンと軽《かる》く乗《の》りこんで、教《おそ》わったとおりに、ボートのふちに腰《こし》かけて、足《あし》もつっこむ。

これで、準備《じゅんび》は完了《かんりょう》！

おれは、ボートの一番前《いちばんまえ》の列《れつ》。スピード感《かん》を味《あじ》わえる、最高《さいこう》の位置《いち》だ。

となりに久遠《くおん》さん。二列目《れつめ》に、まひると大川《おおかわ》さん。一番後《いちばんうし》ろに、星夜《せいや》が乗《の》った。

みんな、少《すこ》し緊張《きんちょう》した顔《かお》だ。でも、川面《かわも》に負《ま》けないくらい、ひとみがキラキラしてる。

速水《はやみ》さんが、川《かわ》のほうへボートを押《お》しだしてから、星夜《せいや》の横《よこ》に飛《と》びのった。

「さあ、行《い》くよ。Ｋ《ケー》グループ、出発《しゅっぱつ》だ！」

よしっ。

みんなで、パドルを船《ふね》の真《ま》ん中《なか》にかかげる。

合図《あいず》は、おれの担当《たんとう》！

「川下《かわくだ》り、出発《しゅっぱつ》ー！」

「「「「おー！」」」」

いっくぞー！

「いーち、にーい、いーち、にーい！」

みんなで声《こえ》をかけあいながら、パドルで前《まえ》から後《うし》ろに水《みず》をかくと、ボートが水《みず》の上《うえ》をするする
すべって川《かわ》の中心《ちゅうしん》に出《で》る。

速水《はやみ》さんがパドルでボートの向《む》きを調整《ちょうせい》すると、すぐに正面《しょうめん》へ進《すす》みはじめた。

もう、こいでないのに進《すす》んでる。川《かわ》の流《なが》れに乗《の》ったんだ！

パドルを手《て》に、あたりを見《み》まわす。

前《まえ》も後《うし》ろも、右《みぎ》も左《ひだり》も、見《み》えるのは、どこまでも続《つづ》いていそうな山《やま》の木々《きぎ》。一面《いちめん》の緑《みどり》だ。

「すごい……山《やま》の、ど真《ま》ん中《なか》にいる感《かん》じがする」

それに、正面《しょうめん》から吹《ふ》く風《かぜ》が、めちゃくちゃ気持《きも》ちいい！

後《うし》ろのまひるも、縮《ちぢ》こまっていた体《からだ》を少《すこ》し起《お》こす。

「……あれ。思《おも》ったより、ゆっくり？　ほとんど揺《ゆ》れもないね。ね、桜子《さくらこ》」

「うん。ぜんぜんこわくないね。それに、空気《くうき》がすんでいておいしいな」

二人《ふたり》の感想《かんそう》に、速水《はやみ》さんが目《め》を細《ほそ》めた。

「山《やま》の空気《くうき》を、ひとりじめしているみたいだろ？　川《かわ》の真《ま》ん中《なか》から見《み》える山《やま》は、ラフティングだけの特別《とくべつ》な景色《けしき》なんだ。それに——耳《みみ》をすましてごらん」

「耳《みみ》？」

おれは、目《め》を細《ほそ》めて、聞《き》こえてくる音《おと》に集中《しゅうちゅう》する。

サアアアアアッ——

——チチッ　チチチチッ
……水《みず》の音《おと》と、鳥《とり》の声《こえ》がする。すごく特別《とくべつ》で、静《しず》かな気分《きぶん》！

となりで、久遠《くおん》さんがにっこり笑《わら》う。

「まるで、川《かわ》の中《なか》のお散歩《さんぽ》みたいだね」

「うん！」

あ、一番後《いちばんうし》ろの星夜《せいや》も、おだやかな顔《かお》で山《やま》を眺《なが》めてる。人《ひと》が少《すく》ないから、落《お》ちつけるのかも。

リラックスした雰囲気《ふんいき》のなか、まひるが伸《の》びをした。

「は〜、ラフティングって、こんなに気持《きも》ちいいんだ。心配《しんぱい》して損《そん》しちゃった！　スピードも遅《おそ》いし、これなら川下《かわしも》まで楽勝《らくしょう》かも——」

「あ、そろそろ第一関門《だいかんもん》だよ」

「「「「**え？**」」」」

速水《はやみ》さんの声《こえ》に、おれたちはボートの先《さき》を見《み》る。

川《かわ》の先《さき》で、水《みず》しぶきが激《はげ》しく上《あ》がってる。

それだけじゃない。川底《かわぞこ》に岩《いわ》があるのか、水《みず》が大《おお》きく、高《たか》くうねってる。

「まるで、川《かわ》が盛《も》りあがってるみたいな——」

いや、ほんとに盛《も》りあがってる!?

「激流《げきりゅう》が来《く》るよ。みんな、こいで！」

「えっ、こぐの!?」

あわててパドルを動《うご》かす。ボートがどんどん速《はや》くなる。

このままだと、最高速度《さいこうそくど》でつっこまない!?

「速水《はやみ》さん、ほんとにこれでいいの？　今《いま》は、こがないほうがいいんじゃ——」

「ままっ、まひるの豆知識《まめちしき》っ！　うねりが強《つよ》いところは、早《はや》く抜《ぬ》けたほうが安全《あんぜん》なの！　そっ、それに、ただ流《なが》されるよりこいでいたほうがコントロールもきくから、ひゃあああっ！」

――ぐわんっ
ズザザッ、バシャアアアアアッ!!

「激流《げきりゅう》だ！」

ボートに当《あ》たって起《お》きた水《みず》しぶきが、勢《いきお》いよくかかる。

ボートが前《まえ》に後《うし》ろに、右《みぎ》に左《ひだり》にぐわんぐわんと揺《ゆ》れる。

ジェットコースターの比《ひ》じゃない。

とっさに、ひざをクッションがわりに、大《おお》きくかたむくボートを乗《の》りこなす。

あぶな！　落《お》ちるかと思《おも》った。

しかも、一つ激流《げきりゅう》を越《こ》えただけで、シャワーをあびたみたいだ！

「ああ、朝陽《あさひ》、今《いま》、越《こ》えられた？　わたし、まだ生《い》きてる!?」

「ははは、目《め》を回《まわ》すのは早《はや》いよ。正面《しょうめん》を見《み》て！」

速水《はやみ》さんの声《こえ》に、ボートの先《さき》を見《み》ると、水《みず》しぶきが上《あ》がる渦《うず》が、見《み》える先《さき》まで続《つづ》いてる。

もしかして、ここから激流《げきりゅう》つづき!?

瞬間《しゅんかん》、ボートが、今度《こんど》は左《ひだり》にぐわんと揺《ゆ》れる。
と思《おも》ったら、右《みぎ》。また左《ひだり》、前《まえ》、後《うし》ろ。
ボートが前《まえ》にかたむいて、おしりが浮《う》く。次《つぎ》は、後《うし》ろに振《ふ》りおとされそうになる。
もうきりもみ状態《じょうたい》だ。
これ、すごいスリル！　バランスとるのが、むずかしい。
でも——ドキドキして、楽《たの》しい！
「あっ、左《ひだり》！　岩《いわ》が近《ちか》づいてる。みんな、こいで……オーケー！」

「わあっ、揺《ゆ》れる〜〜〜！　ハル兄《にい》の運転《うんてん》よりはマシだけど、すごい振動《しんどう》ががががが」

「まひるちゃん、いっしょにこごう。一、二、一、二。夕花梨《ゆかり》ちゃん、前《まえ》はどう？」

「次《つぎ》の激流《げきりゅう》が来《き》ます！　あと少《すこ》し……キャーッ！」

「……ふう、なんとか乗《の》りこえたな。みんな、もう一個《いっこ》、来《く》るぞ！」

声《こえ》をかけあいながら、全身《ぜんしん》を使《つか》って激流《げきりゅう》を越《こ》えていく。

これ、でかい！　体《からだ》をうまく使《つか》って……よっ！

「次《つぎ》は⁉　……あれ、水《みず》がゆっくり流《なが》れてる」

少《すこ》し先《さき》に、ボートからあがる人《ひと》たちが見《み》える。もう、川下《かわしも》についたんだ。

…………はあっ。

「あ〜〜〜、**楽《たの》しかった！**」

大声《おおごえ》で叫《さけ》ぶと、パドルを持《も》った手《て》を高《たか》く掲《かか》げる。

まだドキドキしてる。最高《さいこう》の気分《きぶん》！

速水《はやみ》さんの操縦《そうじゅう》でゆっくりと岸《きし》に近《ちか》づきながら、おれはとなりの久遠《くおん》さんに言《い》った。

「おつかれさま。すごく楽《たの》しかったね！」

「うん。ハラハラドキドキして、すごかった！　こんなの初《はじ》めて。まひるさんは——」

「生《い》・き・て・る……」

弱々《よわよわ》しい声《こえ》に振《ふ》りかえると、まひるがボートのふちに力《ちから》なくもたれかかってる。

うわっ、たった今《いま》、死闘《しとう》を終《お》えたって顔《かお》！

「はあ〜。みんな、ありがとう。無事《ぶじ》に沈《しず》まずに下《くだ》ってこられたよ〜……でも、わたし、役《やく》に立《た》たなかったかも。悲鳴《ひめい》をあげてばっかりだったよね」

「まひるちゃん、そんなことないよ。すごくたくさんこいでくれてたよね。ありがとう」

大川《おおかわ》さんのやさしい言葉《ことば》に、まひるがシャキッと起《お》きあがった。

「ホント!?　言《い》われてみれば……ふふふっ。たしかに、我《われ》ながらよくやったかも！　もうラフティングのベテランと名《な》のっても——」

「あ、立《た》っちゃだめだ！」

ズルッ
速水《はやみ》さんが叫《さけ》んだ瞬間《しゅんかん》、まひるが水《みず》に濡《ぬ》れたボートの上《うえ》で思《おも》いっきり足《あし》をすべらせた。

「「「「あっ」」」」

引《ひ》きつった顔《かお》のまひるが、勢《いきお》いよく川《かわ》のほうへ倒《たお》れていく。

このままだと、頭《あたま》から川《かわ》に落《お》ちる!?

「まひる！」

「大変《たいへん》！」「まひるさん！」

とっさに、おれも、久遠《くおん》さんも大川《おおかわ》さんも立《た》ちあがる。

六人《にん》のうち四人《にん》が立《た》ちあがったボートは――一瞬《いっしゅん》で引《ひ》っくりかえった。

「「「「**ああ～！**」」」」

落《お》ちるー！

ドッボ―――ン!!

……ぶくぶくぶく　ザバアッ！

「ぷはあっ、つめたーっ！」

あー、気持《きも》ちいいけど、全身《ぜんしん》びしょぬれ！

「みんな、だいじょうぶ⁉」

速水《はやみ》さんが、あわててまひるを引《ひ》きあげる。

まひるのトレードマークの二つ結《むす》びも、びっしょりぬれて、今《いま》はへにょへにょになっていた。

「あ～、やっぱり落《お》ちた！　わたしのカン、当《あ》たりすぎ⁉　桜子《さくらこ》も、夕花梨《ゆかり》ちゃんもだいじょうぶ？　あれ。そういえば、星夜《せいや》は――」

ごぼっ　ごぼぼぼっ！

「……………………ごごだ」

ザバアッ

引《ひ》っくりかえったボートが持《も》ちあがり、その下《した》から、ずぶぬれの髪《かみ》がのぞく。

全身《ぜんしん》びしょぬれになった星夜《せいや》が、しぶい顔《かお》で頭《あたま》の上《うえ》からボートをどけた。

「あー……星夜《せいや》、だいじょうぶ？」

ちょっと、オバケみたいになってるけど。

まひるがヒッと息《いき》をのむ。

あ、まひる。今《いま》、絶対《ぜったい》「ヤバい」って思《おも》ってる。

「あ……はは。無事《ぶじ》でよかった！　ま、星夜《せいや》は水泳《すいえい》してたし、泳《およ》げるからだいじょうぶ──」

「ま〜ひ〜る〜！」

「ご・め・ん！　わざとじゃないの！　だからお願《ねが》い、ゆるして星夜《せいや》〜〜〜！」

5 まひるの大《だい》挑《ちょう》戦《せん》！

「……はあ、とんでもない目《め》にあった」

まさか、あそこまで盛大《せいだい》にボートが引《ひ》っくりかえるなんてな。

オレ、星夜《せいや》は、着替《きが》えたばかりのＴ《ティー》シャツ姿《すがた》で、あたりを見《み》まわした。

広場《ひろば》には、ラフティングと昼食《ちゅうしょく》を終《お》えた参加者《さんかしゃ》が集《あつ》まってきている。中《なか》には、同《おな》じようにボートから落《お》ちたのか、まだ髪《かみ》がぬれている人《ひと》もちらほらいる。

とにかく、タオルも着替《きが》えも多《おお》めに持《も》ってきておいてよかった。なんでも備《そな》えが大事《だいじ》だな。

「はー、桜子《さくらこ》、さっきは本当《ほんとう》に大変《たいへん》だったよね。星夜《せいや》には怒《おこ》られるし……でも、着《き》るチャンスがなさそうだった予備《よび》の服《ふく》も着《き》られて、かえってラッキー？　このＴ《ティー》シャツもかわいいでしょ」

まひる、反省《はんせい》しなくていいわけじゃないからな？

「みなさん、全員《ぜんいん》そろいましたかー？」

みんなの前《まえ》で、速水《はやみ》さんが声《こえ》をはりあげる。どうやら、スタッフのまとめ役《やく》でもあるらしい。

速水《はやみ》さんが人数《にんずう》を確認《かくにん》する間《あいだ》に、別《べつ》のスタッフが各《かく》グループを回《まわ》ってプリントを配《くば》っている。

「あれは……地図《ちず》か？」

オレがK《ケー》グループのプリントを受《う》けとったとき、速水《はやみ》さんがさらに声《こえ》を大《おお》きくした。

「みなさん、宝川自然《たからがわしぜん》の家《いえ》のまわりを描《か》いたマップは受《う》けとりましたか？　今《いま》から、午後《ごご》の一つ目《め》の活動《かつどう》、〈**マウンテン・スタンプラリー**〉にチャレンジしてもらいます！」

〈マウンテン・スタンプラリー〉……。

山《やま》を駆《か》けめぐってスタンプを集《あつ》めるアクティビティ、ってことか。

「この宝川自然《たからがわしぜん》の家《いえ》には、山《やま》と川辺《かわべ》を楽《たの》しめる、特別《とくべつ》なアスレチックコースが作《つく》られています。その中《なか》にある四つのアスレチックを、協力《きょうりょく》してクリアしてください！」

速水《はやみ》さんが、今度《こんど》は大《おお》きなスタンプをかかげた。

山《やま》を背景《はいけい》に〈T《タ》A《カ》K《カ》A《ラ》R《ラ》A《ガ》G《ガ》A《ワ》W《ワ》A〉と大《おお》きく地名《ちめい》が入《はい》った、丸型《まるがた》の立派《りっぱ》なスタンプだ。

「このイベントは、その名《な》のとおり、スタンプラリーです。アスレチックを制覇《せいは》したら、置《お》いてあるスタンプを、マップの裏《うら》に忘《わす》れずに押《お》してください。すべてのスタンプを集《あつ》めると、キャンプ最終日《さいしゅうび》に、特別《とくべつ》なごほうびがあります！」

「**「ごほうび!?」**」

朝陽《あさひ》とまひるが、目《め》を輝《かがや》かせる。

こういうとき、二人《ふたり》は本当《ほんとう》に気《き》が合《あ》うよな。

「回《まわ》る順番《じゅんばん》は、自由《じゆう》です。制限時間《せいげんじかん》は一時間半《じかんはん》。終了《しゅうりょう》までに、グループ全員《ぜんいん》で、この広場《ひろば》に戻《もど》ってきてくださいね。それでは、スタート！」

「一時間半《じかんはん》か。けっこう短《みじか》いな。まずは、マップを見《み》てみよう」

オレは、みんなの中心《ちゅうしん》にマップを広《ひろ》げる。

速水《はやみ》さんの言《い》うとおり、施設《しせつ》の前《まえ》にある川《かわ》をまたいで、四つのアスレチックがある。

1・植物《しょくぶつ》でできた庭園迷路《ていえんめいろ》。

2・緑《みどり》の遊歩道《ゆうほどう》。

3・巨大《きょだい》ジャングルジム。

4・ワイヤーで川《かわ》を渡《わた》るジップライン、か。

朝陽《あさひ》が、興奮気味《こうふんぎみ》に言《い》った。

「どれも、楽《たの》しそう。時間《じかん》もないし、すぐ行《い》かない？　まずは一番近《いちばんちか》い庭園迷路《ていえんめいろ》とか」

「うーん。朝陽《あさひ》、ちょっと待《ま》って。一番近《いちばんちか》い庭園迷路《ていえんめいろ》は近《ちか》いぶん、すぐ混《こ》むかも。時間内《じかんない》に全部回《ぜんぶまわ》りきるために、アスレチック同士《どうし》の距離《きょり》をうまく使《つか》ったルートを先《さき》に考《かんが》えない？」と、まひるが言《い》う。

「それがよさそうだな」

効率《こうりつ》よく回《まわ》るなら、そのほうがいい。ごほうびがもらえないと、二人《ふたり》も悲《かな》しむだろうし。

「大川《おおかわ》さんと久遠《くおん》さんも、それでいいかな？」

「体力《たいりょく》が少《すこ》し不安《ふあん》なので、効率《こうりつ》よく回《まわ》れると助《たす》かります」

「わたしもです。今《いま》は、迷路《めいろ》へ行《い》くグループが多《おお》そうですか？　どんなルートがいいのかな」

「ふふふっ。そこは、わたしにまかせて！　星夜《せいや》、ちょっとマップ借《か》りるよ」

まひるはオレからマップをうばうと、すばやく全体《ぜんたい》に目《め》を通《とお》す。

じっくり見《み》ているのは――アスレチックの間《あいだ》の長《なが》さか？　距離《きょり》を考《かんが》えてるのか。

「この道《みち》は、十分《ぷん》。こっちは五分《ふん》。迷路《めいろ》は混《こ》んでると十五分《ふん》、空《す》いてると十分《ぷん》かな。遊歩道《ゆうほどう》は、右《みぎ》に曲《ま》がってまっすぐが最短経路《さいたんけいろ》で――」

まひるが、マップの中《なか》に必要《ひつよう》な時間《じかん》をどんどん書《か》きこんでいく。

すごいな。少《すこ》しも迷《まよ》いがない。それに、楽《たの》しそうに考《かんが》えてる。

オレたちが驚《おどろ》いている間《あいだ》に、まひるは一本《ぽん》の大《おお》きな矢印《やじるし》をマップの中《なか》に書《か》ききった。

「完成《かんせい》～。まひる特製《とくせい》・最短《さいたん》ルート！　まず、川《かわ》の左手《ひだりて》にある2の遊歩道《ゆうほどう》から行《い》こう。そのまま3のジャングルジム、4のジップラインで川《かわ》を渡《わた》って、1の庭園《ていえん》でフィニッシュ！」

「なるほど。最短《さいたん》ルートだし、混《こ》むアスレチックを後《あと》に回《まわ》せるから、待《ま》ち時間《じかん》も少《すく》なそうだ」

「じゃあ、行《い》こう。広場《ひろば》を左手《ひだりて》に出《で》て五分《ふん》で、2の遊歩道《ゆうほどう》の入《い》り口《ぐち》に着《つ》くよ」

「「「おー！」」」

みんなで気合《きあ》いを入《い》れると、さっと走《はし》りだす。

ルートが決《き》まったから、もう迷《まよ》うことはない。目的地《もくてきち》まで一直線《いっちょくせん》だ。

さすが、頼《たよ》りになる妹《いもうと》だな。

広場《ひろば》を出《で》て、川沿《かわぞ》いにのびた道《みち》を進《すす》むと、左手《ひだりて》に、木《き》でできた遊歩道《ゆうほどう》が見《み》えてくる。

〈緑《みどり》の遊歩道《ゆうほどう》・ジャングルジム行《い》き〉

パッと飛《と》びこむと、とたんに、すがすがしい空気《くうき》に包《つつ》まれる。

コンコン　コンコン　ピチチチ　ピーチチチ……

足元《あしもと》で鳴《な》る木《き》の音《おと》と、鳥《とり》のさえずりが心地《ここち》いい。しかも人《ひと》がいないから、のびのび走《はし》れる。

あっという間《ま》に駆《か》けぬけると、遊歩道《ゆうほどう》の終《お》わりに、木《き》でできた台《だい》が見《み》えてくる。

スタンプラリーのスタンプだ。

「「星夜《せいや》、スタンプ押《お》して！」」

朝陽《あさひ》とまひるに急《せ》かされながら、みんなでかこんだマップの裏《うら》にスタンプを押《お》すと、2のワクの中《なか》に、緑色《みどりいろ》の山《やま》のマークがきれいに浮《う》かびあがる。

「よし。まずは一つ目《め》のアスレチック、制覇《せいは》だな」

次《つぎ》は――。


「あれですか？」

目《め》を輝《かがや》かせた久遠《くおん》さんが、道《みち》の先《さき》に見《み》える木《き》の建物《たてもの》を指《ゆび》さす。

3の巨大《きょだい》ジャングルジムだ。三階建《がいだ》てくらいの高《たか》さがあって、見《み》たことないくらい大《おお》きい。

「ここも、一番乗《いちばんの》り！」

朝陽《あさひ》が一番《いちばん》に走《はし》りだす。五人《にん》で入《い》り口《ぐち》のアーチをくぐると、中《なか》は木《き》でできた迷路《めいろ》のように、箱《はこ》がいろんな方向《ほうこう》につながっている。

のぼって、またいで、ジャンプして。体全体《からだぜんたい》を使《つか》って、移動《いどう》の連続《れんぞく》だ。

「まるで、秘密基地《ひみつきち》みたいだな。しかも、かなりこったつくりだ」

「ホント！　のぼるだけでかなり体《からだ》を使《つか》っちゃう。大人《おとな》でも難《むずか》しそうだね」

「少《すこ》し息《いき》が切《き》れるね。夕花梨《ゆかり》ちゃん、だいじょうぶ？」

「はい。きついけど、楽《たの》しいです！　朝陽《あさひ》くん、そっちはどう？」

「もう屋上《おくじょう》に出《で》るよ！」

さすが、速《はや》いな。今度《こんど》は朝陽《あさひ》が引《ひ》っぱる番《ばん》か。オレも急《いそ》ごう。

あとを追《お》って屋上《おくじょう》に出《で》ると、すずしい風《かぜ》が正面《しょうめん》から吹《ふ》きつける。

……ふう。少《すこ》し汗《あせ》をかいたから、風《かぜ》が気持《きも》ちいい。

今度《こんど》は、朝陽《あさひ》がスタンプを押《お》す。これで、マップの裏《うら》にスタンプが二つだ。

「いいペースだな。あと、二つか。たしか、1の庭園迷路《ていえんめいろ》と――」

「4のジップラインは、こちらですよー」

屋上《おくじょう》のすみから、スタッフの元気《げんき》な声《こえ》が聞《き》こえた。

ここにあるデッキが、ジップラインの乗《の》り場《ば》なのか。

デッキの前《まえ》の棚《たな》には、フック型《がた》の金具《かなぐ》がついた丈夫《じょうぶ》そうなハーネスが、ずらっと並《なら》んでいる。

金具《かなぐ》を、向《む》こう岸《ぎし》まで伸《の》ばしたワイヤーにカチッとかませて、すべるらしい。

向《む》こう岸《ぎし》のワイヤーの先《さき》は……木《き》のかげで、よく見《み》えないな。

よく見《み》ると、ワイヤーが二本《ほん》ある？

「すみません。こっちのジップラインは使《つか》わないんですか？」

「これは、山《やま》のほうへ行《い》くルートなんです。これに乗《の》ると、制限時間《せいげんじかん》に間《ま》に合《あ》わないくらい遠《とお》くへ行《い》ってしまうので、今回《こんかい》は使《つか》わないんですよ」

スタッフさんの答《こた》えに、ハーネスを準備《じゅんび》していた朝陽《あさひ》が、肩《かた》を落《お》とした。

「そっか、残念《ざんねん》。でも……こっちもかなり長《なが》そう！　おれ、初《はじ》めてなんだ。大川《おおかわ》さんは？」

「二年前《ねんまえ》に一度《ど》やったけど、もっと短《みじか》かったかな。それでもドキドキでね。夕花梨《ゆかり》ちゃんは？」

「初《はじ》めてです。風《かぜ》が気持《きも》ちいいって聞《き》くと、わくわくします」

……三人《にん》とも、楽《たの》しそうだな。ボートとここまでの道《みち》のりで、親《した》しくなってる。

オレも、三人《にん》にうなずいた。

「じゃあ、他《ほか》のグループが来《く》る前《まえ》にやろう。まずは、ハーネスの使《つか》い方《かた》を聞《き》いて――」

「あー……みんな、ほ……ホントにやる？」

「「「え」」」

一人《ひとり》、テンションの低《ひく》い声《こえ》に振《ふ》りむくと、苦笑《にがわら》いしたまひるが、ほおをかいている。

「じつは、わたし……ちょ～～～～～～～～～～っとこわいなあって」

……だと思《おも》った。

心《こころ》の中《なか》で息《いき》をつく。朝陽《あさひ》は、わかりやすくぎょっとした。

「まひる、これもダメなの⁉　あんなにスクール・キャンプを楽《たの》しみにしてたのに」

「わたしの楽《たの》しみは、外《そと》のアクティビティじゃなくて、夜《よる》のおしゃべりタイムなの～！」

まあ、そんな気《き》はしてた。

オレからすると、スキルで高《たか》いところやすばやい移動《いどう》には慣《な》れそうな気《き》がするんだけど。

でも、どうする？　ジップラインを使《つか》わないルートだと、かなりの遠回《とおまわ》りになったはず。

とはいえ、まひるがこの調子《ちょうし》じゃ――。

そのとき、朝陽《あさひ》が、いつもの調子《ちょうし》で言《い》った。

「わかった。じゃあ、別《べつ》のルートで行《い》く？　まひるのことだから、準備《じゅんび》してるよね」

「ふふふっ、トーゼン！　ここから階段《かいだん》を下《くだ》って近《ちか》くの橋《はし》を……って、朝陽《あさひ》、ホントにいいの⁉

このジップライン、すごく楽《たの》しみにしてたよね？　それに、スタンプラリーのごほうびが！」

「うーん。でも、まひるに無理《むり》させても楽《たの》しくないし。ごほうびの意味《いみ》も、なくなるしさ」

……朝陽《あさひ》は、本当《ほんとう》にやさしいな。

「え？　星夜《せいや》、何《なに》か言《い》った？」

「いいや、別《べつ》に」

言《い》っても、多分《たぶん》、朝陽《あさひ》は当《あ》たり前《まえ》って言《い》うだろうし。

そして、まひるは……こういうやさしさに弱《よわ》いんだよな。

「う～～～～～～。わかった！」

まひるが、覚悟《かくご》を決《き》めたように両腕《りょううで》を前《まえ》につきだした。

「ジップライン、チャレンジする。せっかくのチャンスだし、わたしもやってみたい！」

さすが。ここで挑戦《ちょうせん》できるのが、まひるのすごいところ――。

「えっ。まひる、いいの？　でも、無理《むり》しないほうが……」

「だ、だいじょうぶ！　安全対策《あんぜんたいさく》はバッチリしてあるだろうし、のの、乗《の》れば一瞬《いっしゅん》だし！」

まひるが、ハーネスの車輪《しゃりん》を壊《こわ》しそうなくらいガチャガチャと確《たし》かめる。

……明《あき》らかにこわがってるな。

ふう。こういうときのサポートは、兄《あに》としての務《つと》めか。

「まひる、オレといっしょに乗《の》らないか？　ちょうど二人乗《ふたりの》りのものもあるみたいだぞ」

「いいの!?　すみません、二人用《ふたりよう》のハーネス、お願《ねが》いします！　逃《に》げられる前《まえ》になる早《はや》で！」

まひるの中《なか》で、オレはどんな人間《にんげん》なんだ？

まずは、スタッフの説明《せつめい》どおりにハーネスを体《からだ》に装着《そうちゃく》する。次《つぎ》に、ハーネスについた金具《かなぐ》をワイヤーにかませ、オレとまひるのハーネスの一部《いちぶ》をつなぎ合《あ》わせて固定《こてい》したら、準備完了《じゅんびかんりょう》だ。

何《なに》かあったときサポートするために、オレが後《うし》ろ、まひるが前《まえ》になる。

準備《じゅんび》を終《お》えてスタート位置《いち》につくと、木製《もくせい》デッキの向《む》こう、はるか下《した》に地面《じめん》が見《み》えた。

……ヒヤッとするな。落《お》ちたら大事《おおごと》だ。

オレでも少《すこ》し緊張《きんちょう》するくらいだから、まひるは――。

(どうしよどうしよ、本当《ほんとう》にだいじょうぶ!? ハーネス、ちゃんとついてる? 途中《とちゅう》で切《き》れたりして――あっ! あの細《ほそ》いワイヤー、わたしたちの体重《たいじゅう》を支《ささ》えられる!? スタイルがいい星夜《せいや》だけど、じつは体重《たいじゅう》が1トンくらいある可能性《かのうせい》もあるし!)

それ、どんな神《かみ》スキルだ?

それにしても、まひるの足《あし》が当《あ》たって、心《こころ》の声《こえ》が強制的《きょうせいてき》に聞《き》こえてくるな。

まひるはジップラインが怖《こわ》すぎて、気《き》づいていないのか。

……少《すこ》し悪《わる》いな。オレがこのスキルを持《も》ってるばかりに――。

(あー、一人《ひとり》じゃ絶対乗《ぜったいの》れなかったよ~。星夜《せいや》、ありがとう。いっしょにがんばるからね!)

……望《のぞ》むところだ。

オレはまひるを支《ささ》えながら、足《あし》に力《ちから》を入《い》れる。

「まひる。一、二、三で行《い》くぞ。一、二……」

「「三!」」

タンッ――**ぐんっ**

デッキから飛《と》びだした瞬間《しゅんかん》、体重《たいじゅう》が、ぐっとワイヤーにかかる。

「！」

落《お》ちる⁉

いや、だいじょうぶだ。

だけど、体《からだ》がものすごいスピードで宙《ちゅう》にすべりだしてる。

速《はや》い。数秒《すうびょう》で、時速《じそく》五、六十キロは出《で》てないか⁉

「ひあああ～！　速《はや》い、速《はや》すぎるよ～！　ジップラインは体重《たいじゅう》を動《うご》くエネルギーにしてるから、二人《ふたり》かたまって乗《の》るほうが重《おも》くなって、スピードが出《で》るんだったー！」

……ごめん、まひる。

まひるをそっと支《ささ》えなおす間《あいだ》に、もう川《かわ》の上《うえ》にさしかかる。

はるか足元《あしもと》の川《かわ》は、きれいすぎて、まるでつくりものみたいだ。

山《やま》の中《なか》を、川《かわ》の上《うえ》を――飛《と》んでる。

上下左右《じょうげさゆう》、すべての景色《けしき》が流《なが》れるように変《か》わっていく。

すごい。本当《ほんとう》に、鳥《とり》になったみたいだ。

もしかしたら、こういう景色《けしき》、まひるはスキルで視《み》なれてるのかもしれないけど――。

（…………………）

まひるも、静《しず》かになってる。目《め》の前《まえ》の光景《こうけい》に、息《いき》をのんでるのか。

景色《けしき》を楽《たの》しむ間《あいだ》に、ウッドチップがしきつめられた地面《じめん》が近《ちか》づいてくる。ゴールだ。

ガサッ！

まひるを抱《かか》えながら、ウッドチップに着地《ちゃくち》すると、耳《みみ》の中《なか》で血管《けっかん》がどくどく言《い》っていた。

……すごい体験《たいけん》だったな。

「まひる、おもしろかったな。まるで、本当《ほんとう》に飛《と》んでいるような――」

「うん〜〜〜。ホント、もう目《め》の前《まえ》に星《ほし》が飛《と》んでる〜〜〜」

「やっぱり、体《からだ》が動《うご》くのはこわいのか⁉」

もしかして、さっきの静《しず》けさは、息《いき》を止《と》めていただけ⁉

わきに移動《いどう》すると、後《うし》ろから、大川《おおかわ》さん、久遠《くおん》さん、そして朝陽《あさひ》が続々《ぞくぞく》とやってくる。

朝陽《あさひ》なんて、今《いま》にも、もう一回《かい》って言《い》いだしそうな表情《ひょうじょう》だ。

「あー、楽《たの》しかった！　まひるも、おつかれ。早《はや》く次《つぎ》に行《い》こう。あと三十分《ぷん》！」

ジップラインのスタンプをしっかりと押《お》し、みんなでバタバタと移動《いどう》を始《はじ》める。

分《わ》かれ道《みち》の多《おお》い通路《つうろ》を抜《ぬ》けて、最後《さいご》の庭園迷路《ていえんめいろ》へ。片手《かたて》をつくコツを使《つか》って迷路《めいろ》を抜《ぬ》け、最後《さいご》のスタンプをもらったときには、まひるはもうへとへとになっていた。

「ああ〜、もう無理《むり》。一番予想外《いちばんよそうがい》なのは、わたしの体力《たいりょく》のなさ！　……はあっ、はあっ」

「残《のこ》り三分《ぷん》か。この調子《ちょうし》だと、到着《とうちゃく》はギリギリだな」

「あっ、他《ほか》のグループにまた抜《ぬ》かれた！　まひる、がんばって！」

「まひるちゃん。もう少《すこ》しだよ！」「あとちょっとです！」

「ええいっ、あと十秒《びょう》、五秒《びょう》、わたしは、あと二歩《ほ》〜！」

トントンッ

ピ――――！

「ゴ～～～ル！」

広場《ひろば》にすべりこんだ瞬間《しゅんかん》、まひるが、がっくりと前《まえ》に倒《たお》れこむと、先《さき》に来《き》ていた参加者全員《さんかしゃぜんいん》から、自然《しぜん》と拍手《はくしゅ》が起《お》きた。

パチパチパチパチ

おめでとうー！　最後《さいご》のスパート、すごかったよ！

「まひる、おつかれ！」「おつかれさま」「まひるさん、タオルどうぞ」

「ありがと～。ふー、やりきった！　でも、これでごほうびゲット！」

「まひる、もしかして、がんばった一番《いちばん》の理由《りゆう》はそれ!?」

朝陽《あさひ》のツッコミに、大川《おおかわ》さんと久遠《くおん》さんが大笑《おおわら》いする。

もちろん、オレも。

「次《つぎ》の活動《かつどう》へ、移動《いどう》します！　いよいよ、お待《ま》ちかねの、カレー作《づく》りですよ～」

そうだ。まだ、大事《だいじ》な活動《かつどう》が残《のこ》ってた。

「みんな、一つだけ、いいか？　じつは――次《つぎ》のカレー作《づく》りでやりたいことがあるんだ」

6 星夜《せいや》のキケンな激《げき》あまカレー!?

「それでは、準備《じゅんび》を始《はじ》めてください！」

「はーい！」

おれ、朝陽《あさひ》は、みんなと元気《げんき》に返事《へんじ》した。

いよいよ、今日《きょう》のクライマックス、カレー作《づく》り！

おれたち、K《ケー》グループのカレーの係分《かかりわ》けは、スムーズに決《き》まった。

おれと久遠《くおん》さんが、飯《はん》ごうでお米《こめ》をたく係《かかり》。

まひると大川《おおかわ》さんが、食材《しょくざい》を切《き》って、サラダを作《つく》る係《かかり》。

そして星夜《せいや》が、かまどの火《ひ》を起《お》こして、カレーを煮《に》こむ係《かかり》だ。

「よし。おれも、急《いそ》がないと。まず、飯《はん》ごうとお米《こめ》をもらって、お米《こめ》を水《みず》につけて——」

「朝陽《あさひ》、朝陽《あさひ》！」

ん？

名前《なまえ》を呼《よ》ぶ小《ちい》さな声《こえ》に振《ふ》りむくと、まひるが水場《みずば》のかげから、小《ちい》さく手《て》まねきしている。

なんだろ？　やけに、深刻《しんこく》そうな顔《かお》してる。

おれは、さっとまひるに近《ちか》づいた。

「どうかしたの？　おれ、早《はや》く行《い》かないと」

「わかってる！　でも、その前《まえ》に、大事《だいじ》なプランを考《かんが》えなきゃ。星夜《せいや》のことで！」

「星夜《せいや》の？　何《なに》か、特別《とくべつ》なことあったっけ？」

たしかに、星夜《せいや》が自分《じぶん》からカレーを担当《たんとう》したいなんて、ちょっとめずらしいとは思《おも》ったけど。

「もう、朝陽《あさひ》、忘《わす》れちゃったの!?　朝陽《あさひ》は、うちでいっしょに食《た》べたでしょ？　あの──**星夜《せいや》の**
キケンなカレー！」

「**あっ！**」

そうだった。星夜《せいや》のカレー！

一瞬《いっしゅん》で、口《くち》の中《なか》に、言葉《ことば》にできないあまい味《あじ》がよみがえる。

気絶《きぜつ》しそうなくらい激《げき》あまで、今《いま》まで食《た》べたことがないようなキケンな味《あじ》だったっけ……。

あのカレーが復活《ふっかつ》する？　しかも、このスクール・キャンプで！

「あ、あはは。まさか。星夜《せいや》も、さすがに今回《こんかい》は、ふつうのカレーを作《つく》るんじゃない？」

「わたしも、そう思《おも》ってるけど……」

二人《ふたり》で、おそるおそる、星夜《せいや》のほうを振《ふ》りかえる。

星夜《せいや》は、調理台《ちょうりだい》にのったナベを、ほほ笑《え》みながら見《み》てる。学校《がっこう》の人《ひと》が見《み》たら、大騒《おおさわ》ぎしそうなやさしい笑顔《えがお》だけど——おれたちには、キケンな薬《くすり》を作《つく》る魔法使《まほうつか》いにしか見《み》えない！

——**ゴクッ**
おれとまひるは、じっと目《め》を合《あ》わせる。声《こえ》を出《だ》さなくても、心《こころ》は一つだ。

おれたちで、守《まも》らなきゃ。K《ケー》グループのおいしいカレーを！

「朝陽《あさひ》くん、お米《こめ》もらいに行《い》っていいかな」

「まひるちゃーん、材料《ざいりょう》の準備《じゅんび》を手伝《てつだ》ってくれる？」

「「オーケー！」」

おれは、まひるとうなずきあうと、サッと二手《ふたて》に分《わ》かれて久遠《くおん》さんに合流《ごうりゅう》する。

スタッフの人《ひと》からお米《こめ》と飯《はん》ごうを受《う》けとる間《あいだ》も、頭《あたま》は星夜《せいや》のカレーのことでいっぱいだ。

星夜《せいや》の激《げき》あまカレーを、どうやって阻止《そし》したらいいんだろ？

とりあえず、おれは星夜《せいや》と同《おな》じかまどを使《つか》うんだし、しっかり見《み》はって……。

「朝陽《あさひ》くん、どうかしたの？　なんだか、緊張《きんちょう》してるみたい」

「えーっと……何《なん》でも！　早《はや》く、ごはんをたこう」

そうだ。まず、星夜《せいや》に合流《ごうりゅう》！

走《はし》って調理場《ちょうりば》へ向《む》かうと、星夜《せいや》はすでにかまどの前《まえ》にひざをついて、火《ひ》の準備《じゅんび》を始《はじ》めてる。

今《いま》のところ、変《へん》な様子《ようす》はなさそう？　近《ちか》くのテーブルにも、アメは置《お》かれてないし――。

「朝陽《あさひ》」

「**ひあっ!?**」

もしかして、見《み》はりがバレた!?

いつの間《ま》にか、星夜《せいや》が、おれを振《ふ》りむいてる。楽《たの》しいのか、いつもより少《すこ》し明《あか》るい笑顔《えがお》だ。

「ぼーっとして、どうしたんだ？　もう火《ひ》はついてるから、いつでも使《つか》ってくれ。飯《はん》ごうは、かたむかないように水平《すいへい》に。熱《あつ》いから気《き》をつけてな」

「あ、ありがと、星夜《せいや》」

あー、心《こころ》を読《よ》まれたかと思《おも》った！　なんとかバレなかったみたい。

そうだ、飯《はん》ごう。ごはんの準備《じゅんび》も、しっかりやらなきゃ。

「久遠《くおん》さん、やろう」「うん」

おれは軍手《ぐんて》をはめると、飯《はん》ごうを、そっとかまどの上《うえ》の網《あみ》にのせる。

ちゃんと火《ひ》があたる位置《いち》に……かまどから来《く》る空気《くうき》が熱《あつ》くて、ちょっとドキドキするな。

この、細《ほそ》い取《と》っ手《て》は立《た》てて。よし、うまく置《お》けた。

「ふうっ」

一歩《いっぽ》下《さ》がって、軍手《ぐんて》で汗《あせ》をぬぐう。

真《ま》っ黒《くろ》な飯《はん》ごうは、さっそく燃《も》えあがる火《ひ》にチリチリと焼《や》かれはじめてる。

「久遠《くおん》さん、どう？　飯《はん》ごうの位置《いち》、だいじょうぶかな」

「ばっちりだと思《おも》うよ。あとは、沸騰《ふっとう》して水《みず》が吹《ふ》きでてくるはずで……」

ジュ――

説明《せつめい》で聞《き》いていたとおり、飯《はん》ごうのフタのすき間《ま》から、音《おと》を立《た》てて湯気《ゆげ》が出《で》てくる。

触《さわ》りたくなるけど、そのまま。

たしか、ピチッピチッって音《おと》がしてくるまで待《ま》って……。

――シーン
「あれ？」

もう少《すこ》し、時間《じかん》がかかるのかな。そうだ、星夜《せいや》は!?

「朝陽《あさひ》、オレもナベを置《お》いていいか？」

もう準備《じゅんび》できたのか、星夜《せいや》が飯《はん》ごうの横《よこ》にカレーのナベを置《お》く。中《なか》は野菜《やさい》と水《みず》でいっぱいだ。

もしかして、もうアメが入《はい》ってる⁉　くわしく聞《き》きたいけど、聞《き》きづらい！

「星夜《せいや》さん、カレーの具材《ぐざい》は何《なん》ですか？　わたし、じつはイカが少《すこ》しニガテで……」

久遠《くおん》さん、ナイス！

「だいじょうぶ。豚肉《ぶたにく》、にんじん、タマネギ、じゃがいもだけで、シーフードは入《はい》ってないよ。

仕上《しあ》がりを楽《たの》しみにしてて。あ、一度《いちど》、流《なが》しの手伝《てつだ》いをしてくる」

星夜《せいや》は、ナベのフタをずらして洗《あら》い場《ば》のほうへ行《い》く。流《なが》しの片付《かたづ》けは、まひる担当《たんとう》だけど。

「星夜《せいや》って、やさしいよな。しかも、頼《たよ》りになるし……」

そうだ。おれも星夜《せいや》を見《み》はるだけじゃなくて、手伝《てつだ》いもしとこうっと。

おれは、かまどの前《まえ》の調理台《ちょうりだい》に近《ちか》づくと、ふきんで台《だい》をふきあげる。

あ、カレーのルーがある。このあと溶《と》かすやつかな？　甘口《あまくち》のルーが、四種類《しゅるい》も――。

「あ――――！」

ルーの箱《はこ》の前《まえ》にある銀色《ぎんいろ》の袋《ふくろ》に、目《め》がくぎづけになる。

あれは――星夜《せいや》が好《す》きでよく買《か》ってる、アメの袋《ふくろ》！

たしか、宇宙一《うちゅういち》あまいんじゃなかったっけ？　しかも、大袋《おおぶくろ》を丸《まる》ごと⁉

やっぱり、星夜《せいや》はアメを入《い》れるつもりなんだ！

ブス　ブスブスブス……

「……あれ？　何《なに》か焼《や》けてるにおいがする？」

「朝陽《あさひ》くん、飯《はん》ごうが！」

あ、忘《わす》れてた！　もしかして、たきすぎた!?

「えっと、どうすればいいんだっけ!?　たしか、すぐ火《ひ》から下《お》ろして――」

「たけ具合《ぐあい》を確認《かくにん》しなきゃ。一度《いちど》、フタを開《あ》けて、あつっ！」

ガタンッ！

熱《あつ》さに驚《おどろ》いた久遠《くおん》さんの手《て》から、飯《はん》ごうが横向《よこむ》きに落《お》ちていく。

あっ、ごはんが！　**このままだと、星夜《せいや》のカレーの味以前《あじいぜん》に、ごはんがなくなる!?**

逆《さか》さまになる飯《はん》ごうに手《て》を伸《の》ばして、大《おお》きく目《め》を見《み》ひらくと、背中《せなか》に独特《どくとく》の感覚《かんかく》が走《はし》る。

――行《い》けっ！

くるっ　ガタン！

スキルで飯《はん》ごうをキャッチして、底《そこ》から地面《じめん》に着地《ちゃくち》させる。

ふー、ギリギリセーフ。大成功《だいせいこう》！

……じゃない！

シーン
久遠《くおん》さんが、目《め》をぱちぱちさせる。

「……あれ？　今《いま》、一瞬《いっしゅん》、飯《はん》ごうが空中《くうちゅう》で一回転《かいてん》しなかった？」

ドキッ！

「そっ、あっ、そう⁉　気《き》のせいじゃない？」

「……そうかな。なんだか、不思議《ふしぎ》な落《お》ち方《かた》だった気《き》がしたんだけど……」

うっ、めちゃくちゃ疑《うたが》われてる。久遠《くおん》さんには、ただでさえスキルがバレないか心配《しんぱい》なのに！

「そ、それよりヤケドとかしてない？　ちょっと冷《ひ》やしたほうがいいかも！」

うっ、ダメだ。久遠《くおん》さんをごまかすだけで、せいいっぱい。

まひる、ごめん。おれたちのカレー、なんとか守《まも》って！

朝陽《あさひ》から、な～んにも連絡《れんらく》が来《こ》ない～！

グシャアッ

わたし、まひるは、思《おも》わず、レタスのかたまりを手《て》で真《ま》っ二《ぷた》つにちぎった。

何《なに》かトラブルがあったのかな？

この流《なが》しの裏《うら》の調理台《ちょうりだい》からだと星夜《せいや》の姿《すがた》が見《み》えないから、しっかり見《み》はってほしいのに〜。

レタスをぎろっとにらむと、桜子《さくらこ》が顔《かお》をくもらせる。

「まひるちゃん、もしかして、ちょっと疲《つか》れちゃった？　あとは、わたしがやっておこうか？」

「あ、ありがと。だいじょうぶ！　ちょっと考《かんが》えごとしちゃっただけ」

う〜、桜子《さくらこ》はやさしい。さすが、わたしの親友《しんゆう》！

ますます、あの激《げき》あまカレーを食《た》べさせるわけにはいかない。

こうなったら！

「桜子《さくらこ》、サラダはわたしが完成《かんせい》させるから、食器《しょっき》を頼《たの》んでいい？　そろそろ、朝陽《あさひ》たちのごはんがたけるころかも」

「うん、わかった」

桜子《さくらこ》が紙皿《かみざら》を取《と》りに行《い》くのを見《み》とどけてから、わたしは、そっと目《め》を閉《と》じる。

わたしの〈はなれた場所《ばしょ》を視《み》るスキル〉は、目《め》を閉《と》じていないと使《つか》えない。

時間《じかん》がない。集中集中《しゅうちゅうしゅうちゅう》。

すぐそばだから、すぐ視《み》えるはず――！

パッと、まぶたの裏《うら》に、パチパチ燃《も》えるかまどの火《ひ》が見《み》えた。

スキルで視《み》ているリアルタイムの映像《えいぞう》だ。

星夜《せいや》は……いた。かまどの前《まえ》。

ふつうにナベを煮《に》こんでる？　あ、ちょうどルーを溶《と》かすところだ。

星夜《せいや》は、薪《まき》を崩《くず》して火《ひ》を消《け》すと、準備《じゅんび》していたルーを割《わ》りいれていく。

おたまで、丁寧《ていねい》に溶《と》かしてる。よく煮《に》えてておいしそう！

なんだ、さすがに心配《しんぱい》しすぎてたかも。星夜《せいや》が、とんでもないカレーを作《つく》るかも、なん――。


「てええ!?」


さっきまで軍手《ぐんて》をしてたはずの星夜《せいや》の手《て》が、アメがたくさん入《はい》った大《おお》きな袋《ふくろ》をつまんでる。

口元《くちもと》に浮《う》かんでいるのは、おだやかなほほ笑《え》みだ。

そんなやさしい顔《かお》で、そんな危険《きけん》なもの作《つく》ってたの～～～!?

星夜《せいや》の指《ゆび》が、アメの袋《ふくろ》をピリピリと開《あ》けて――。

「ダメ～～～！　このままじゃ、わたしたちのカレーが、また激《げき》あまカレーに！」

レタスをまな板《いた》の上《うえ》に放《ほう》りだして、かまどへ走《はし》る。

調理場《ちょうりば》に入《はい》ると、カレーのナベに向《む》かう星夜《せいや》の背中《せなか》が見《み》えた。

アメ、もしかしてもう入《い》れちゃった⁉　待《ま》って、星夜《せいや》。早《はや》まらないで〜〜〜！

「星夜先輩《せいやせんぱい》、カレーはどうですか？」

そのとき、桜子《さくらこ》が星夜《せいや》に声《こえ》をかけた。

「大川《おおかわ》さん。今《いま》、ルーを溶《と》かしたよ。せっかくだから、隠《かく》し味《あじ》を入《い》れたいと思《おも》っていて……」

「本当《ほんとう》ですか？　ちょうどよかった。わたし、入《い》れてみたいものがあるんです」

桜子《さくらこ》が、星夜《せいや》にそっと板《いた》チョコを差《さ》しだした。

「これも、材料《ざいりょう》のところに置《お》いてあったんです。入《い》れてみてもいいですか？」

ええーっ。まさか桜子《さくらこ》も、激《げき》あまカレーが好《す》きなタイプ⁉

あっ、でも！

「そういえば、前《まえ》に読《よ》んだ本《ほん》で、チョコレートを入《い》れるとコクが出《で》ておいしくなるって書《か》いてあったかも。スパイスの代《か》わりになるって……」

「あ、まひるちゃん。そうなの。さすが、まひるちゃんは何《なん》でもくわしいね」

「チョコレート……ああ、いいよ。少《すこ》し、入《い》れてみよう」

星夜《せいや》は、アメをポケットにしまうと、桜子《さくらこ》から渡《わた》されたチョコレートを割《わ》って、ナベに入《い》れる。

バラバラになったかけらが、茶色《ちゃいろ》いルーへ、見《み》る間《ま》に溶《と》けた。

よし。ギリギリ、アメの投入《とうにゅう》は防《ふせ》げた！

あとは、すきを与《あた》えずに——。

「みなさん。ごはん、たけました！」「早《はや》く食《た》べよう。おれ、もうおなかぺこぺこ！」

夕花梨《ゆかり》ちゃん、朝陽《あさひ》もナイス！

二人《ふたり》の勢《いきお》いに押《お》されて、ごはんがつがれたお皿《さら》に、星夜《せいや》がたっぷりカレーをかけていく。

わたしが大《おお》あわてで作《つく》ったサラダを運《はこ》ぶと、すぐに夕食《ゆうしょく》になった。

「「「「**いただきます！**」」」」

みんなで声《こえ》をそろえて言《い》うと、さっとスプーンを持《も》つ。

ごはんとカレーを、半分《はんぶん》ずつのせて、スプーンの上《うえ》でミニカレーを作《つく》って……。

ぱくり！

ほおばった瞬間《しゅんかん》、口《くち》の中《なか》でトロトロのカレーが溶《と》けていく。

ん～！　ごはんは、ふっくら。カレーも、肉《にく》と野菜《やさい》のうまみがギュッとつまってておいしい！

「それに……ふつうのカレーより、コクがあるかも？」

朝陽《あさひ》も、ぱっと顔《かお》を輝《かがや》かせた。

「すごくおいしい！　野菜《やさい》がやわらかいし、味《あじ》も濃厚《のうこう》なかんじ。星夜《せいや》、どうやったの？」

「じつは、大川《おおかわ》さんの提案《ていあん》でチョコレートを入《い》れたんだ。食《た》べてみてびっくりした。たしかに、チョコレートがスパイスの役割《やくわり》をして、おいしくなってるな」

星夜《せいや》がおいしそうに食《た》べながらも、少《すこ》し残念《ざんねん》そうに言《い》った。

「本当《ほんとう》は、オレもとっておきのかくし味《あじ》を入《い》れたかったんだけど……それはまた今度《こんど》だな」

「あ、あはは。そうだね……」

ううっ、星夜《せいや》ごめん。星夜《せいや》のカレーは、また、わたしと朝陽《あさひ》ががんばって食《た》べるから！

「あ。玉《たま》ねぎがトロトロ。にんじんも、じゃがいもも、やわらかくておいしいですね」

夕花梨《ゆかり》ちゃんの声《こえ》に、桜子《さくらこ》がにっこり笑《わら》った。

「かまどの火《ひ》でもやわらかくなるように、少《すこ》し小《ちい》さく切《き》っておいたの。どうかな？」

「わたしは、すごく好《す》き！　まるで、何時間《なんじかん》もじっくり煮込《にこ》んだカレーみたい。ね、朝陽《あさひ》」

「うん。大川《おおかわ》さんって、料理上手《りょうりじょうず》なんだ。おれも、教《おし》えてほしいかも」

「あ……朝陽《あさひ》くん、ありがとう。じつは、家《いえ》でもよく作《つく》ってて――」

食事《しょくじ》がおいしいからか、どんどん話《はなし》が弾《はず》む。

たくさん作《つく》ったカレーも、最後《さいご》の朝陽《あさひ》のおかわりで、きれいになくなった。

「あー、おいしかった！　えっと、このあとは、お風呂《ふろ》に入《はい》って寝《ね》るだけだっけ？」

「スト――――ップ！　朝陽《あさひ》、あまい！」

星夜《せいや》の激《げき》あまカレーくらい、あまい！

わたしはご機嫌《きげん》に、みんなのほうをくるりと振《ふ》りむいた。

「今日《きょう》はまだ、お楽《たの》しみがあるでしょ？　寝《ね》る前《まえ》の、最高《さいこう》のとっておき！」

「「「「とっておき？」」」」

首《くび》をかしげた四人《にん》の前《まえ》で、ビシッと空《そら》を指《ゆび》さす。

いつの間《ま》にか、日《ひ》がくれて、あたりは暗《くら》くなりはじめていた。

「それはもちろん、わたしの一番《いちばん》のお楽《たの》しみ――**ナイト・パーティーでしょ！**」

7 夜《よる》のおしゃべりは事件《じけん》の予感《よかん》?

夜《よる》。

おれ、朝陽《あさひ》の目《め》の前《まえ》では、ランプの中《なか》の火《ひ》が、ゆらゆら揺《ゆ》れている。

テーブルに集《あつ》まったみんなは、リラックスした雰囲気《ふんいき》だ。

他《ほか》のグループも、配《くば》られたココアを飲《の》みながら、楽《たの》しそうにおしゃべりしている。

――ま、うちのテーブルには、やけにやる気《き》な人《ひと》がいるけど。

「じゃあ、そろそろお話会《はなしかい》、始《はじ》めよ〜〜〜！　みんな、どんどん、おもしろい話《はなし》して！」

おだやかな雰囲気《ふんいき》をぶちやぶって、まひるがこぶしをつきあげた。

「まひる、おれ、そんなにおもしろい話《はなし》なんてないよ？　他《ほか》のみんなもそうだと思《おも》うし」

「ふふん。そう言《い》うと思《おも》って、じゃーん！」

まひるが、テーブルの上《うえ》に四角《しかく》いものを転《ころ》がす。手《て》のひらサイズの、小《ちい》さなサイコロだ。

「なにこれ？　数字《すうじ》の代《か》わりに、文字《もじ》が書《か》いてある……」

えーっと……『人生《じんせい》で一番《いちばん》はずかしかった話《はなし》』？

「そう！　まひる特製《とくせい》、お題決《だいぎ》めサイコロ～。みんな、振《ふ》って出《で》たサイコロの内容《ないよう》について話《はな》していこうよ。これで、盛《も》りあがること間違《まちが》いなし！」

「まひる、準備《じゅんび》よすぎ！　こういうものを入《い》れてたから、あんなにリュックが大きかったの？」

他《ほか》の三人《にん》も、驚《おどろ》いて言《い》う。

「出発前《しゅっぱつまえ》の夜《よる》、のりを借《か》りにきたのは、これを作《つく》ってたからか。それにしても、こってるな」

「でも、何《なに》を話《はな》せばいいか迷《まよ》わずにすみますね。まひるちゃん、ありがとう」

「おもしろそうですね。まひるさん、どんな中身《なかみ》があるんですか？」

「ふふふっ。それは、目《め》が出《で》てのお楽《たの》しみ！　じゃあ、最初《さいしょ》はわたしから行《い》くね。よっと！」

コロ、コロロコロ

まひるのサイコロが、勢《いきお》いよく転《ころ》がっていく。

ええっと……『**最高《さいこう》にうれしかった話《はなし》**』？

「あ～。これは出《で》ないでほしかったんだけど、しかたない！　特別《とくべつ》に、話《はな》すしかないかな？」

まひるは、話《はな》したそうに口《くち》をむずむずさせながら、ピンと指《ゆび》を立《た》てた。

「ええっと、夕花梨《ゆかり》ちゃんは知《し》らないよね？　じつは、わたしたち、お父《とう》さんとお母《かあ》さんが海外《かいがい》で仕事《しごと》してるから、保護者《ほごしゃ》のお兄《にい》さんといっしょに暮《く》らしてるの。ハル兄《にい》っていって、すっごく料理上手《りょうりじょうず》でやさしい、ステキないとこでね」

「あ、もしかして、あのお兄《にい》さんですか？　運動会《うんどうかい》で大活《だいかつ》やくしてた……」

えっ、久遠《くおん》さんも知《し》ってるの!?　やっぱりあれ、目立《めだ》ってたんだ。

「そう！　そのハル兄《にい》。ハル兄《にい》が作《つく》る料理《りょうり》はいつも絶品《ぜっぴん》だから、みんな抜《ぬ》けがけはしないって約《やく》束《そく》してるの。でも、ある、からあげの日《ひ》……ハル兄《にい》はいつも材料《ざいりょう》を丁寧《ていねい》に切《き》るから、からあげの大《おお》きさはどれも同《おな》じなんだけど、めずらしく、一個《こ》だけ大《おお》きいからあげができちゃって！」

まひるが、ドンとテーブルをたたいた。

「それが、なんとたまたま、わたしのお皿《さら》に配《くば》られたの。すっっっごくおいしかった！」

「え――――っ！　まひる、ずるい。そういうときは、じゃんけんって決《き》めてるのに！」

「オレはそこまでこだわりがないけど……まひる、それが最高《さいこう》にうれしかった話《はなし》でいいのか？」

「ふふっ、まひるちゃんらしい。いつも料理《りょうり》がおいしいって言《い》ってるもんね」

「そんなにおいしいんですか？　一度《いちど》、食《た》べてみたいなあ」

「ふふふっ。気《き》になるなら、うちに食《た》べに来《き》て。ハル兄《にい》に、お願《ねが》いしておくから！　じゃあ、次《つぎ》は星夜《せいや》。はい、振《ふ》って振《ふ》って」

「オレ？　まあ最後《さいご》に話《はな》すよりはいいか」

ココココ……　**ピタッ**
『大失敗《だいしっぱい》した話《はなし》』。

「星夜《せいや》の『大失敗《だいしっぱい》した話《はなし》』!?」

うわっ、めちゃくちゃ気《き》になる。星夜《せいや》の失敗《しっぱい》なんて、おれ、見《み》たことないかも！

「また、話《はな》しにくいお題《だい》だな。う〜ん……そうだ」

星夜《せいや》は、テーブルの上《うえ》で手《て》を組《く》んだ。

「じつは最近《さいきん》、すごくおもしろい本《ほん》があったんだ。学校《がっこう》の休《やす》み時間《じかん》に読《よ》んでいたんだけど、分厚《ぶあつ》い本《ほん》だったから読《よ》みおわらなくて。結末《けつまつ》は、寝《ね》る前《まえ》の読書《どくしょ》の時間《じかん》に読《よ》むことにしたんだ」

「そういえば、星夜《せいや》は毎日《まいにち》、寝《ね》る前《まえ》に本《ほん》を読《よ》んでるんだっけ」

ベッドで本《ほん》を読《よ》んでる星夜《せいや》、すっごいイメージできる。

おれだったら、一ページ開《ひら》いたところで眠《ねむ》っちゃうけど。

「でも星夜《せいや》。それ、大失敗《だいしっぱい》した話《はなし》じゃなくない？　これじゃあ、ただのカッコいい話《はなし》だって」

「カッコいいか？　あー、それが……あまりに続《つづ》きが気《き》になって、次《つぎ》の日《ひ》の準備《じゅんび》をする前《まえ》に、本《ほん》を読《よ》むことにしたんだ。そうしたら、熱中《ねっちゅう》しすぎて、いつもより一時間《じかん》もオーバーして。それから、あわてて準備《じゅんび》をして寝《ね》たら……」

星夜《せいや》が、ほおをかいた。

「……あさってのぶんの教科書《きょうかしょ》を入《い》れた。あわてて足《た》りない教科書《きょうかしょ》を借《か》りに行《い》く羽目《はめ》になって、かなりはずかしかったな」

「星夜《せいや》が、教科書《きょうかしょ》を借《か》りた？　あの、しっかりものの星夜《せいや》が!?」

おれたちは、四人《にん》そろって目《め》を丸《まる》くする。

星夜《せいや》にも、そういう大失敗《だいしっぱい》があるんだ。ちょっと共感《きょうかん》する……。

って、おれ、それくらいの失敗《しっぱい》なら、毎日《まいにち》あるけど!?

まひるが、腕組《うでぐ》みをする。

「むむ～。さすが星夜《せいや》。大失敗《だいしっぱい》した話《はなし》を、さらっとできるところ、余裕《よゆう》ある！　じゃあ、次《つぎ》は夕花梨《ゆかり》ちゃん。思《おも》いっきり転《ころ》がして！」

「はい」

久遠《くおん》さんはサイコロを受《う》けとると、手《て》の上《うえ》で何度《なんど》か転《ころ》がしてからテーブルに落《お》とす。

――コロ、コロン

出《で》た目《め》は――。

「『とっておきの話《はなし》』？」

久遠《くおん》さんは、サイコロの目《め》を読《よ》みあげると、みんなに視線《しせん》を合《あ》わせた。

「……じゃあ、わたしの、とっておきの話《はなし》をしますね。最近《さいきん》、巻《ま》きこまれた事件《じけん》について」

ドキッ！

おれはぎょっとして、星夜《せいや》とまひると顔《かお》を見《み》あわせる。

二人《ふたり》も驚《おどろ》いてる。星夜《せいや》が心《こころ》をつないでくれたのか、すぐにまひるの心《こころ》の声《こえ》が聞《き》こえた。

(な、何《なん》で急《きゅう》に？　やっぱり、夕花梨《ゆかり》ちゃんは気《き》づいてる⁉)

(あー、まひるが『とっておきの』なんてお題《だい》を用意《ようい》するから！　今《いま》から、ごまかせない⁉)

(二人《ふたり》とも、落《お》ちつけ。もしかしたら、まったく違《ちが》う話《はなし》かもしれない。それに、もし本当《ほんとう》にオレたちについての話《はなし》なら……話《はな》してもらったほうが、オレは調《しら》べやすい)

そうか。星夜《せいや》は心《こころ》が読《よ》めるから――。

星夜《せいや》が、すきのない視線《しせん》を向《む》けたとき、久遠《くおん》さんは、静《しず》かに話《はな》しだした。

「ええっと、学校《がっこう》でも少《すこ》しウワサになったから、知《し》ってるかもしれないんですけど……わたし、先日《せんじつ》あったニセ札事件《さつじけん》で、お父《とう》さんといっしょに犯人《はんにん》に捕《つか》まってしまって」

久遠《くおん》さんの話《はなし》に、大川《おおかわ》さんが目《め》を丸《まる》くする。

「そういえば、少《すこ》し話《はなし》を聞《き》いたかも……夕花梨《ゆかり》ちゃん、大変《たいへん》だったね」

「はい。でも、わたしもお父《とう》さんもケガをせずにすんで。それは、あのとき——助《たす》けてくれた人《ひと》、〈協力者《きょうりょくしゃ》〉さんがいたからなんです」

ぎゅっ

おれは、テーブルの下《した》で手《て》をにぎる。

どうしよう。緊張《きんちょう》する。もし急《きゅう》に、正体《しょうたい》はおまえだって言《い》われたら⁉

「……じつは、混乱《こんらん》していて、〈協力者《きょうりょくしゃ》〉さんのこと、よく覚《おぼ》えていないんです」

「え」

覚《おぼ》えてない？

(……ウソじゃない)

星夜《せいや》が、心《こころ》の声《こえ》で言《い》った。

(久遠《くおん》さんは本当《ほんとう》に、〈協力者《きょうりょくしゃ》〉のことを、よく覚《おぼ》えていないみたいだ。服装《ふくそう》も髪型《かみがた》も……だから、朝陽《あさひ》のことも、少《すこ》しも疑《うたが》っていないみたいだな。でも)

「でも、だれかがわたしをかばって守《まも》ってくれたことだけは、はっきり覚《おぼ》えているんです。あの時《とき》の、うれしかった気持《きも》ちも、協力者《きょうりょくしゃ》さんのやさしさも」

久遠《くおん》さんが、きっぱり言《い》った。

「本当《ほんとう》は一生懸命《いっしょうけんめい》さがしたいんですけど……その人《ひと》が警察《けいさつ》にも言《い》っていないってことは、何《なに》か正《しょう》体《たい》を明《あ》かせない事情《じじょう》があると思《おも》うんです。それでも、いつかお礼《れい》が言《い》えたらいいなと思《おも》ってて。これが、わたしのとっておきの話《はなし》です」

「久遠《くおん》さん……」

おれたちのこと、そんなふうに思《おも》ってくれてたんだ。

（……まひる、星夜《せいや》）

（うん）（聞《き》こえてる）

ほんとによかった。

あのとき、三人《にん》で力《ちから》を合《あ》わせて！

（ふ〜、よしよし。これで星夜《せいや》も安心《あんしん》だよね。サイコロを作《つく》ってきたわたし、天才《てんさい》！）

（まひる、調子《ちょうし》に乗《の》りすぎ！　でも、おれもホッとした。これでもう心配《しんぱい》しなくてすむし――）

大川《おおかわ》さんが、ほほ笑《え》んだ。

「すてきなお話《はなし》だね。世《よ》の中《なか》にはそんなふうに、正体《しょうたい》をかくして、だれかを助《たす》けて回《まわ》ってる人《ひと》がいるんだ。でも、夕花梨《ゆかり》ちゃん。本当《ほんとう》に、心当《こころあ》たりはないの？」

「はい。でも、あのとき、朝陽《あさひ》くんに事件《じけん》に関《かん》することを相談《そうだん》したから、〈協力者《きょうりょくしゃ》〉さんは、朝《あさ》陽《ひ》くんから話《はなし》を聞《き》いた人《ひと》かと思《おも》ったんですけど……」

(((うっ!)))

あれ、やっぱり疑《うたが》ってる? このままだとマズいかも!

そのとき、星夜《せいや》が、作《つく》り笑顔《えがお》で言《い》った。

「久遠《くおん》さん、〈協力者《きょうりょくしゃ》〉は、まったく知《し》らない人《ひと》の可能性《かのうせい》も高《たか》いんじゃないかな。事件《じけん》を追《お》っていて、偶然《ぐうぜん》、久遠《くおん》さんを助《たす》けることになった、とかも考《かんが》えられるから」

「あっ……そっか! わっ、はずかしい! 星夜《せいや》さんの言《い》うとおりですね」

(星夜《せいや》、ナイス誘導《ゆうどう》!)

(さすが、言《い》い訳《わけ》の天才《てんさい》!)

(まったく。これは、二人《ふたり》のためでもあるんだからな? とはいえ、早《はや》く話題《わだい》を変《か》えたいところだけど)

「みんな、楽《たの》しんでる?」

速水《はやみ》さんが、おかわりのココアが入《はい》ったポットを手《て》にやってくる。

助《たす》かった。まさに、天《てん》の助《たす》け!

まひるが、すかさず速水《はやみ》さんにサイコロを押《お》しつけた。

「今《いま》、サイコロトークで盛《も》りあがってて。速水《はやみ》さんも、ぜひ話《はな》してください！」

「え、ぼく？　じゃあ、挑戦《ちょうせん》してみようかな。よいしょ！」

コロコロコロ
サイコロが、テーブルの上《うえ》を跳《は》ねながら転《ころ》がる。

出《で》た目《め》は……**『みんながびっくりする話《はなし》』**？

「みんながびっくりする話《はなし》かあ。びっくり……そうだ！　ぴったりの話《はなし》があるよ」

速水《はやみ》さんが、ポケットから何《なに》かをつまみだす。

手《て》のひらにのせてみせたのは、キラキラ輝《かがや》く透明《とうめい》な石《いし》だ。

「……これが、びっくりする話《はなし》ですか？」

星夜《せいや》の質問《しつもん》に、速水《はやみ》さんがうなずいた。

「そう。じつはこの石《いし》、山《やま》の中《なか》で拾《ひろ》ったんだ。なんと、本物《ほんもの》のダイヤモンドでね」

「「「**「ダイヤモンド!?」**」」」

本物《ほんもの》の!?

まひるが、真《ま》っ先《さき》に身《み》を乗《の》りだした。

「すごい、キラキラしてる！　でも、信《しん》じられない。こんな山《やま》の中《なか》で拾《ひろ》ったなんて！」

「あはは。だろう？　しかも、最近拾《さいきんひろ》ったものなんだよ」

速水《はやみ》さんは、みんなから見《み》えやすいようにダイヤモンドを指《ゆび》でつまんだ。

「ここができて一年《ねん》もたってないのは、みんな知《し》ってるかな。じつは、ぼくはここの立《た》ちあげメンバーでね。今日《きょう》みんなが乗《の》ったジップラインや明日《あした》の登山《とざん》コースの整備《せいび》もやったんだ」

「そうだったんですか」

だから、他《ほか》のスタッフさんにも頼《たよ》りにされてたのか。納得《なっとく》かも。

「それで、さらなる施設《しせつ》の魅力《みりょく》アップのために、ときどき新《あたら》しい登山《とざん》ルートを探《さが》して、山《やま》を歩《ある》いてるんだよ。そしたら、ある日《ひ》、頂上《ちょうじょう》を通《とお》りすぎて、一つ目《め》の長《なが》い坂《さか》を下《くだ》りきった少《すこ》し先《さき》のところで、きれいな白《しろ》い花《はな》が咲《さ》いている場所《ばしょ》を見《み》つけたんだ」

そこで、これを拾《ひろ》ってね、と速水《はやみ》さんは言《い》った。

「最初《さいしょ》は、ただのきれいな石《いし》だと思《おも》って、思《おも》い出《で》にとっておいたんだ。でも、最近来《さいきんき》た、宝石《ほうせき》にくわしいお客《きゃく》さんに見《み》せたら、本物《ほんもの》のダイヤモンドじゃないかって言《い》われて」

ええっ。そんなことある⁉

「じゃあ、速水《はやみ》さんは山《やま》の中《なか》で本物《ほんもの》の宝石《ほうせき》を拾《ひろ》ったってことですか？」

「そうなんだ。だからスタッフの間《あいだ》では、山《やま》の中《なか》にダイヤモンドの鉱山《こうざん》が広《ひろ》がってるんじゃないかって、ちょっとしたウワサになっててね。どう、びっくりした？」

びっくりした……。

おれたち全員《ぜんいん》がうなずくと、速水《はやみ》さんはにっこり笑《わら》った。

「これで、ぼくの話《はなし》はおしまい。残《のこ》りの時間《じかん》、みんなで楽《たの》しんでね」

そのとき、

♫♪♬～

静《しず》かな山《やま》の中《なか》に、電子音《でんしおん》のベルが鳴《な》る。すぐに、大川《おおかわ》さんがスマホを持《も》って立《た》ちあがった。

「ごめんね。お父《とう》さんから電話《でんわ》みたい。みんなは、そのままお話《はなし》してて」

大川《おおかわ》さんが、さっとはなれていくと、まひるがおれにサイコロを渡《わた》した。

「はい。じゃあ、朝陽《あさひ》。おもしろい目《め》、出《だ》してよね！」

「おれ、どんな目《め》があるかも知《し》らないんだけど⁉」

う～ん。でもたしかに、目《め》を見《み》てから投《な》げると、変《へん》に緊張《きんちょう》しそう！

それなら――。

「えいっ！」

目《め》をつむって、サイコロを上《うえ》に投《な》げる。細目《ほそめ》で見上《みあ》げたサイコロは、軽《かる》いせいか、あっという間《ま》に風《かぜ》に飛《と》ばされた。

うわっ、かなり遠《とお》くに転《ころ》がった⁉

「おれ、拾《ひろ》ってくる！」

ベンチから立《た》ちあがって、急《いそ》いで追《お》いかける。

飛《と》んでいったのは、建物《たてもの》のほうだ。たしか、こっちのかげに——。

「っとと」

こんなところにあった。

草《くさ》の間《あいだ》に見《み》えたサイコロを拾《ひろ》おうとしたとき、おれの耳《みみ》に、静《しず》かな声《こえ》が聞《き》こえた。

自分《じぶん》に言《い》いきかせるみたいな、切《せつ》ない声《こえ》。

「……うん、わかった」

今《いま》の声《こえ》——大川《おおかわ》さん？

サイコロを拾《ひろ》って顔《かお》を上《あ》げると、建物《たてもの》のかげにいた大川《おおかわ》さんと目《め》が合《あ》う。

建物《たてもの》の裏《うら》は、小《ちい》さな外灯《がいとう》しかなくて、うす暗《ぐら》い。

その小《ちい》さな光《ひかり》に照《て》らされて、目元《めもと》が一瞬《いっしゅん》、きらめいた。

——泣《な》いてる。

そのとき、大川《おおかわ》さんは、さっと背《せ》を向《む》けて長《なが》い髪《かみ》で涙《なみだ》をかくした。

「あっ、朝陽《あさひ》くん。ごめんね。なんでもないから……気《き》にしないで！」

「あっ！」

呼《よ》びとめる前《まえ》に、大川《おおかわ》さんが建物《たてもの》へ走《はし》っていく。

ぼう然《ぜん》と見《み》おくったおれの背中《せなか》に、まひるの声《こえ》が響《ひび》いた。

「朝陽《あさひ》ー、サイコロ見《み》つかったー？」

……見《み》つかったけど。

「ごめん。おれ、ちょっと行《い》ってくる！」

「えっ、どこ行《い》くの？　朝陽《あさひ》。朝陽《あさひ》〜！」

おれが行《い》って、意味《いみ》があるかわからないけど。

まひるの声《こえ》を聞《き》きながら、おれは大川《おおかわ》さんを追《お》って走《はし》りだしたのだった。

8 消《き》えたネックレス

施設《しせつ》の中《なか》の階段《かいだん》を上《うえ》にのぼる。

みんな、まだ外《そと》にいるから、建物《たてもの》に響《ひび》く大川《おおかわ》さんの足音《あしおと》がしっかり聞《き》こえた。

「……たぶん、こっちだ」

一番上《いちばんうえ》の階《かい》までのぼると、屋上《おくじょう》に出《で》るドアが半開《はんびら》きになっている。

そっと外《そと》に出《で》た瞬間《しゅんかん》、少《すこ》し冷《つめ》たくなった風《かぜ》が吹《ふ》きつけた。

……いた。

「大川《おおかわ》さん」

おれが名前《なまえ》を呼《よ》ぶと、大川《おおかわ》さんがゆっくりと振《ふ》りむいた。

少《すこ》し驚《おどろ》いた顔《かお》をしてる。

「朝陽《あさひ》くん……もしかして、心配《しんぱい》かけちゃったかな。ごめんね、すぐ戻《もど》ろう」

「あっ、待《ま》って！」

歩《ある》きだそうとした大川《おおかわ》さんを、あわてて呼《よ》びとめる。

「その、急《いそ》いで戻《もど》らなくても、みんな怒《おこ》らないと思《おも》うから。それより……何《なに》かあったの？」

おれの言葉《ことば》に、大川《おおかわ》さんがピタッと足《あし》を止《と》める。

あ、この言《い》い方《かた》だと、しつこいかも!?

「えっと！　無理《むり》に聞《き》きたいわけじゃなくて、話《はな》したほうが楽《らく》になるならと思《おも》って――」

「ありがとう、朝陽《あさひ》くん。……やっぱり、やさしいね」

え？

大川《おおかわ》さんが、にっこりと笑《わら》う。でも、ちょっとさみしそうな笑顔《えがお》だ。

大川《おおかわ》さんはスマホを取《と》りだすと、少《すこ》し操作《そうさ》して、おれに画面《がめん》を見《み》せる。

映《うつ》っているのは、小《ちい》さな女《おんな》の子《こ》と、白髪《しらが》がきれいなやさしそうなおばあさん。

首《くび》にかけたネックレスが、キラリと光《ひか》ってる。

丸《まる》い形《かたち》。パカッと開《ひら》くタイプのペンダント？

「大川《おおかわ》さん、この写真《しゃしん》は？」

「これは、昔《むかし》、おばあちゃんと撮《と》った写真《しゃしん》なの。よく撮《と》れているでしょう？　わたしも、お気《き》に入《い》りの一枚《まい》なの」

大川《おおかわ》さんは、写真《しゃしん》をなつかしそうに見《み》つめたあと、そっと手《て》でかくした。

「じつは、さっきの電話《でんわ》は、今日《きょう》の朝《あさ》、遅《おく》れてきたこととも関係《かんけい》があって……朝陽《あさひ》くんは、このあいだ起《お》きた**強盗事件《ごうとうじけん》**を知《し》ってる？　大《おお》きな宝石店《ほうせきてん》が、強盗団《ごうとうだん》に襲《おそ》われて、たくさんの宝石《ほうせき》が盗《ぬす》まれたって」

「あ、テレビで見《み》たよ。前《まえ》に起《お》きた強盗事件《ごうとうじけん》と、同《おな》じ犯人《はんにん》かもってやつだよね」

大川《おおかわ》さんは、こくりとうなずいた。

「そう。それで、朝《あさ》に警察《けいさつ》から連絡《れんらく》があって……その宝石店《ほうせきてん》でクリーニング――きれいに磨《みが》いてもらうために預《あず》けておいたわたしのネックレスが、盗《ぬす》まれていたことがわかったの」

「**大川《おおかわ》さんのネックレスが!?**」

「うん……もともとは、死《し》んじゃったおばあちゃんのネックレスでね。昔《むかし》、わたしが小《ちい》さいときにプレゼントしてもらった、形見《かたみ》のネックレスなんだ」

……形見《かたみ》のネックレス。

「古《ふる》いものだから、だんだんとくすんできてしまっていたの。だから、お父《とう》さんとお母《かあ》さんに、宝石店《ほうせきてん》で磨《みが》いてもらいたいってお願《ねが》いして……そうしたら、こんなことになっちゃった」

運《うん》が悪《わる》いよね、と大川《おおかわ》さんが言《い》った。

「さっきの電話《でんわ》は、お父《とう》さんからでね。例《れい》の強盗《ごうとう》は十年《ねん》も捜査《そうさ》されているのに、宝石《ほうせき》はまだ一つも見《み》つかってない。だから、今回《こんかい》の宝石《ほうせき》も返《かえ》ってこない可能性《かのうせい》が高《たか》いと、警察《けいさつ》に言《い》われたって」

「そんな!」

「だ、だいじょうぶ。高価《こうか》なものじゃないから。ロケット型《がた》のふつうのペンダントでね。あ、ロケット型《がた》っていうのは、中《なか》に写真《しゃしん》を入《い》れられる飾《かざ》りでね。宝石《ほうせき》もついてなくて——」

「でも、大川《おおかわ》さんには大切《たいせつ》なものだよね?」

形見《かたみ》のネックレス。この世《よ》にたった一つの、大切《たいせつ》な——。

絶対《ぜったい》に、なくしたくないもの。

おれは、ぎゅっとこぶしをにぎる。

……こういうとき、なんて言《い》ったらいいんだろ。

大川《おおかわ》さんを励《はげ》ましたいけど、いい言葉《ことば》が見《み》つからない。

「……ありがとう、朝陽《あさひ》くん」

大川《おおかわ》さんは、一歩《ぽ》おれに近《ちか》づくと、やさしく笑《わら》った。

胸《むね》が、ぎゅっとなる。

おれは、星夜《せいや》みたいには心《こころ》が読《よ》めないけど——わかる。悲《かな》しい気持《きも》ちをかくした笑顔《えがお》だ。

「ナイト・パーティー、終了《しゅうりょう》です。みんな、部屋《へや》に戻《もど》ってくださーい！」

速水《はやみ》さんの声《こえ》だ。広場《ひろば》から聞《き》こえる。

すぐに、大川《おおかわ》さんが、屋上《おくじょう》の出入《でい》り口《ぐち》へ歩《ある》きだした。

「わたし、先《さき》に部屋《へや》に戻《もど》るね。おやすみなさい」

「あっ」

大川《おおかわ》さんを追《お》いかけて、屋上《おくじょう》から施設《しせつ》の中《なか》に戻《もど》る。

待《ま》って、大川《おおかわ》さん。おれ……おれ！

廊下《ろうか》まで出《で》たとき、突然《とつぜん》、ポンと肩《かた》をたたかれた。

「わっ！」

「朝陽《あさひ》」

星夜《せいや》だ。それに、まひるもいる。

「もう、突然《とつぜん》いなくなるんだから。思《おも》わず、スキルでさがしちゃった。さっきまで桜子《さくらこ》もいっしょにいたよね。何《なに》を話《はな》してたの？」

「それは……」

さっきの話《はなし》、二人《ふたり》に言《い》わないほうがいいかな？

でも、まひると大川《おおかわ》さんは仲《なか》がいいから、きっとすぐ気《き》づく。

それに──三人《にん》だからこそ、できることがあるはず！

おれは、星夜《せいや》とまひるを見《み》ながら、ぎゅっと、こぶしをにぎる。

「……二人《ふたり》に、相談《そうだん》したいことがあるんだ」

大川《おおかわ》さんのペンダントを取《と》りもどすために、何《なに》ができるか。

9 みんなで、協力《きょうりょく》登山《とざん》!

だけど、忘《わす》れてた。ここは山《やま》の中《なか》だった!

ピーチチチ……

「はあ、はあ」

おれは、鳥《とり》の声《こえ》を聞《き》きながら、一歩《ぽ》ずつ前《まえ》に進《すす》む。

くつの裏《うら》に、やわらかい葉《は》っぱの感触《かんしょく》がする。まわりは緑一色《みどりいっしょく》。見《み》わたすかぎり、あちこちに枝《えだ》を伸《の》ばした木《き》が続《つづ》いていた。

前《まえ》に進《すす》むたび、さわやかな風《かぜ》が、道《みち》の先《さき》から吹《ふ》きつける。

スクール・キャンプ、二日目《ふつかめ》。今日《きょう》は、朝《あさ》から登山《とざん》。

おれの前《まえ》を、大川《おおかわ》さんと久遠《くおん》さんが、二人並《ふたりなら》んで歩《ある》いてる。

久遠《くおん》さんが笑顔《えがお》で話《はな》しかけているけれど、大川《おおかわ》さんは今日《きょう》も……ちょっと元気《げんき》ないかも。

「やっぱり登山《とざん》しながらじゃ、何《なん》にもできないって～!」

「だから、昨日《きのう》も言《い》っただろ。ネックレスさがしは難《むずか》しい。特《とく》に、スクール・キャンプ中《ちゅう》はな」

K《ケー》グループの列《れつ》の中《なか》から、星夜《せいや》が寄《よ》ってきて言った。

「まず、強盗事件《ごうとうじけん》は都内《とない》の宝石店《ほうせきてん》で起《お》きてる。キャンプに参加中《さんかちゅう》のオレたちは、今《いま》、現場《げんば》を見《み》に行《い》って調査《ちょうさ》できない。まひるのスキルも半径《はんけい》一キロの限界《げんかい》があるから、とても届《とど》かないしな。だいたい、事件《じけん》から、もうだいぶ経《た》ってる。今《いま》から調査《ちょうさ》しても、手《て》がかりはほとんどないだろ？」

「それはそうだけど……」

できるだけ、早《はや》く見《み》つけてあげたいのに！

おれは、きれいな空《そら》を、うらめしい気持《きも》ちでにらんだ。

「今《いま》できるのは、情報《じょうほう》を整理《せいり》することくらい？　昨日《きのう》の夜《よる》、いっしょに調《しら》べてわかったのは、六人《にん》の男《おとこ》たちは車《くるま》で乗《の》りつけ、工具《こうぐ》でガラスを破《やぶ》ってお店《みせ》の中《なか》に侵入《しんにゅう》したってことだよね」

「ああ。それで、宝石《ほうせき》をごっそり盗《ぬす》んだ。そして、警備員《けいびいん》が来《く》る前《まえ》に逃走《とうそう》。鮮《あざ》やかな手口《てぐち》で、例《れい》の有名《ゆうめい》な凶悪強盗《きょうあくごうとう》に間違《まちが》いないだろうって話《はなし》だったな」

星夜《せいや》が顔《かお》をしかめた。

「犯人《はんにん》たちは全員《ぜんいん》フルフェイスのマスクをしていて、顔《かお》は見《み》えなかった。服《ふく》は全員黒一色《ぜんいんくろいっしょく》で、徹底的《てっていてき》に対策《たいさく》してる。手《て》なれてるな」

「ムカつく！　ええっと、逃走《とうそう》に使《つか》われた犯人《はんにん》たちの車《くるま》は、別《べつ》の場所《ばしょ》にある駐車場《ちゅうしゃじょう》で見《み》つかったけど、犯人《はんにん》につながる手《て》がかりはなかったんだっけ」

「ああ。どうやら、あらかじめ、いろんな駐車場《ちゅうしゃじょう》に用意《ようい》した車《くるま》を乗《の》りかえて、行《い》き先《さき》をかくしてるみたいだな。これなら、十年間《ねんかん》、ずっと捕《つか》まらなかったのも納得《なっとく》だ」

星夜《せいや》が肩《かた》をすくめた。

「盗《ぬす》まれた宝石《ほうせき》は、まだ一《ひと》つも見《み》つかっていない。おそらく、ほとぼりが冷《さ》めたころに、闇《やみ》ルートを使《つか》って、海外《かいがい》で少《すこ》しずつ売《う》りさばいてるんだろう。ますます見《み》つける手《て》がかりはないな」

「あー、そうなんだけど！　それでも」

「ぜえっ、ぜえっ、い……今《いま》すぐ、なんとかしたくない!?」

振《ふ》りむくと、登山《とざん》でヘロヘロになったまひるが、支《ささ》えの棒《ぼう》をにぎりしめている。

どっちかって言《い》うと、今《いま》にも、まひるの息《いき》が止《と》まりそうだけど!?

「はあっ、はあっ、なんとかしたい気持《きも》ちは、わ・た・し・が・一《いち》・番《ばん》！　親友《しんゆう》の大《だい》ピンチだよ!?　昨日《きのう》の夜《よる》、わたしと夕花梨《ゆかり》ちゃんにも話《はな》してくれたとき、本当《ほんとう》につらそうで……」

「まひる……」

「で・も！　ここだと、本当《ほんとう》に何《なに》もできないんだもん！　あ～、今《いま》すぐ山《やま》を下《お》りて、ネックレスをさがしに行《い》きた～～～い！」

「えっと、まひるは、登山《とざん》がきつくて帰《かえ》りたいだけじゃない？　すでに、足《あし》プルプルだし」

……でも、それだけなわけないか。まひるにとっては、大川《おおかわ》さんこそ大切《たいせつ》な人《ひと》だもんな。

だけど、どうすればいいんだろ。何《なに》もできないうえに、まひるも機嫌《きげん》が悪《わる》いし……。

(朝陽《あさひ》、オレにまかせてくれ)

心《こころ》の中《なか》で、そう言《い》った星夜《せいや》が、まひるにそっと近《ちか》づいた。

「まあまあ。今《いま》は、大川《おおかわ》さんを元気《げんき》づけないか？　それなら、今《いま》すぐにだって力《ちから》になれる。ネックレスを取《と》りもどせるかは別《べつ》としても、だれだって、つらいときは支《ささ》えが必要《ひつよう》だろうから」

……たしかにそうかも。

まひるも、しぶしぶうなずいた。

「うう……星夜《せいや》の言《い》うとおりかも。わたしたちがスクール・キャンプを楽《たの》しめなかったら、桜子《さくらこ》も悲《かな》しむもんね。わかった。わたしも、今《いま》は目《め》の前《まえ》の登山《とざん》を楽《たの》しむよ――桜子《さくらこ》と」

そうと決《き》まれば！　と言《い》って、まひるは、早歩《はやある》きで大川《おおかわ》さんの横《よこ》に並《なら》んだ。

「桜子《さくらこ》、疲《つか》れてない？　いっしょに歩《ある》いていいかな？」

「あっ……もちろん！　ありがとう、まひるちゃん。少《すこ》し疲《つか》れてきてたから、お話《はな》ししながら歩《ある》けると、すごく助《たす》かるよ」

「ふふふっ。おもしろい話《はなし》なら、わたしの得意分野《とくいぶんや》だから、どーんとまかせて！　ね、星夜《せいや》」

「たしかに、まひるはおもしろい話《はなし》がたくさんあるよな。大川《おおかわ》さん、よかったら、気分転換《きぶんてんかん》にアメでもどうかな。久遠《くおん》さんも」

「星夜先輩《せいやせんぱい》、ありがとうございます」

「わあ、かわいい包《つつ》み紙《がみ》。緑色《みどりいろ》だ」

「二人《ふたり》とも、食《た》べちゃダメ！　星夜《せいや》のアメなら、まずは朝陽《あさひ》に味見《あじみ》させてからでないと！」

「まひる、それ、もう味見《あじみ》じゃなくて毒味《どくみ》じゃない!?　さすがに、そんなにヤバいアメなんて、この世《よ》にたくさんはないと思《おも》うけど」

「朝陽《あさひ》の言《い》うとおりだな。オレもいろんなアメを買《か》ってきたけど、そんなにひどい味《あじ》には当《あ》たったことがないし。ちなみに、それはピーマン味《あじ》だな。独特《どくとく》だけど、意外《いがい》とクセになるぞ」

「「「ピーマン味《あじ》!?」」」

どんな味《あじ》か、ぜんぜん想像《そうぞう》つかないんだけど！　でも、おいしくないことだけはわかる！

「ふふっ、星夜先輩《せいやせんぱい》って、意外《いがい》とお茶目《ちゃめ》なんですね」

あ、大川《おおかわ》さんが笑《わら》ってる。今日《きょう》はじめての笑顔《えがお》かも！

そのとき、グループの一番後《いちばんうし》ろから、速水《はやみ》さんが声《こえ》をあげた。

「みんな、山頂《さんちょう》まで、もう少《すこ》しだよ。ほら、きつい坂《さか》を登《のぼ》って、大《おお》きな岩《いわ》を一つ越《こ》えれば到着《とうちゃく》だ」

まひるが、ヒッと息《いき》をのむ。

「ええ～、まだ、そんな難所《なんしょ》が!? 登《のぼ》れるかなあ。わたし一人《ひとり》、置《お》いていかれないよね!?」

「まひるちゃん、だいじょうぶだよ。でも……たしかに、大《おお》きな岩《いわ》だね」

大川《おおかわ》さんが、道《みち》の先《さき》に見《み》えた岩《いわ》を、不安《ふあん》そうに見上《みあ》げる。

う～ん。せっかくここまで来《き》たんだから、全員《ぜんいん》で登《のぼ》りきりたい……そうだ！

「じゃあ、おれが先《さき》に登《のぼ》って、みんなを引《ひ》っぱるよ。ちょっと待《ま》ってて！」

おれは、ぐんぐんと坂《さか》を登《のぼ》って、大《おお》きな岩《いわ》の前《まえ》まで来《く》る。上《うえ》からたれ下《さ》がったロープをつかむと、足《あし》を岩《いわ》にかけながらするする登《のぼ》って、みんなを見下《みお》ろした。

「じゃあ、大川《おおかわ》さんから。あと少《すこ》しのところまで来《き》たら、おれが引《ひ》っぱるから。がんばって！」

「……うん！ じゃあ、行《い》くね。えいっ」

大川《おおかわ》さんが、岩《いわ》に足《あし》をかけて、ゆっくり登《のぼ》りはじめる。

たぐりよせるロープが、ピンとはってる。全体重《ぜんたいじゅう》をかけてる証拠《しょうこ》だ。

「桜子《さくらこ》、がんばってー」「すべらないよう、気《き》をつけて」「もう少《すこ》しです、桜子《さくらこ》さん！」

「うんっ、あと……少《すこ》し！」

もうちょっとだ。もう、手《て》が届《とど》く！

「大川《おおかわ》さん！」

パシッ！

おれは大川《おおかわ》さんの手《て》をしっかりつかむと、体重《たいじゅう》を後《うし》ろにかけて、ぐんと引《ひ》っぱる。

大川《おおかわ》さんも、岩《いわ》に足《あし》をかけて、一生懸命《いっしょうけんめい》、体《からだ》を持《も》ちあげる。

よしっ、もう一息《ひといき》。

「あと……ちょっと！」

ぐいっ！

「はあっ！」

強《つよ》く引《ひ》っぱった瞬間《しゅんかん》、大川《おおかわ》さんのひざが、岩《いわ》の上《うえ》につく。

少《すこ》し苦《くる》しそう。もしかして、強《つよ》く引《ひ》っぱりすぎた⁉

「大川《おおかわ》さん、だいじょうぶ⁉」

「うん……ちょっと息《いき》が切《き》れただけ。それより――」

サアッ！

強《つよ》い風《かぜ》とともに、急《きゅう》に視界《しかい》が開《ひら》けた。高《たか》い木《き》がなくなってる。

「——山頂《さんちょう》だ！」

走《はし》って、奥《おく》の小高《こだか》い丘《おか》にのぼると、ぐるりとまわりを見《み》まわす。

青《あお》い空《そら》と、緑《みどり》の山《やま》。一番上《いちばんうえ》からしか見《み》えない、開放感《かいほうかん》のある自然《しぜん》の景色《けしき》が広《ひろ》がっている。

広《ひろ》い山《やま》のふもとのほうをのぞきこむと、出発《しゅっぱつ》してきた施設《しせつ》が見《み》える。

おれたち——あそこから、登《のぼ》ってきたんだ。

「わあっ……気持《きも》ちいいね。朝陽《あさひ》くんも、みんなも、ありがとう」

横《よこ》に並《なら》んだ大川《おおかわ》さんが、ほがらかに笑《わら》うと、おれもつられて、笑顔《えがお》でうなずく。

よかった。少《すこ》しは元気《げんき》が出《で》たかな？

星夜《せいや》のアドバイスがあってよかった。やっぱり、スクール・キャンプは楽《たの》しくないと！

「朝陽《あさひ》くん、桜子《さくらこ》さん。みんなで、お昼《ひる》にしましょう！」

久遠《くおん》さんに呼《よ》ばれて、おれたちは脇《わき》の小《ちい》さな広場《ひろば》にシートを広《ひろ》げる。

施設《しせつ》から持《も》ってきたお弁当《べんとう》を、みんなで食《た》べる間《あいだ》も、おしゃべりが止《と》まらない。

あっという間《ま》にお弁当《べんとう》を空《から》にして、あたたかいお茶《ちゃ》を飲《の》んでいると、速水《はやみ》さんが上《うえ》を見《み》た。

「雲《くも》が出《で》てきたね」

ほんとだ。

つられて空《そら》を見《み》ると、遠《とお》くに、もくもくとふくらんだ雲《くも》が見《み》える。

雲《くも》の下《した》は、暗《くら》くかすんでる。雨《あめ》が降《ふ》ってるのかも？

「そろそろ下山《げざん》しよう。上《のぼ》りよりは楽《らく》だけど、ケガをしやすいから気《き》をつけてね」

「はーい」

あー、ここからまた歩《ある》きかあ。

本当《ほんとう》は一気《いっき》に駆《か》けおりたい！　でも、まひるを置《お》いていくわけにもいかないか。

「……あれ。そういえば、まひるは？」

「「え？」」

大川《おおかわ》さんと久遠《くおん》さんが、さっとあたりを見《み》た。

「あれ、さっきまでいたのに……」「近《ちか》くにもいないですね。お友《とも》だちのところとか？」

「いや、それなら荷物《にもつ》を置《お》いていくはずだ。体力《たいりょく》は少《すこ》しでも残《のこ》したいだろうし……」

静《しず》かに言《い》った星夜《せいや》と、自然《しぜん》と目《め》があう。

まさか？　そんなこと考《かんが》えたくないけど……でも、山《やま》といえばやっぱり！

「「もしかして、**遭難《そうなん》した⁉**」」

10 まひる、遭難《そうなん》!?

「まひるー！」

「まひる、いるかー!?」

おれは、星夜《せいや》と声《こえ》を張《は》りあげながら、一歩一歩《いっぽいっぽ》、道《みち》を進《すす》む。

しんと、耳《みみ》をすましてみる。自分《じぶん》が出《だ》した声《こえ》の反響《はんきょう》は聞《き》こえるけど、まひるの返事《へんじ》はない。

あ〜。山《やま》で人《ひと》をさがすって、大変《たいへん》すぎ。

ここにまひるがいれば、まひるのスキルですぐ見《み》つけられるのに！

「朝陽《あさひ》くん、星夜《せいや》くん。まひるちゃん、いた？」

走《はし》ってやってきた速水《はやみ》さんに、星夜《せいや》が、首《くび》を横《よこ》に振《ふ》った。

「いいえ、見《み》当《あ》たりません。スマホで電話《でんわ》もしてみたんですけど、出《で》なくって。すれちがった人《ひと》の話《はなし》だと、先《さき》に下山《げざん》を始《はじ》めたみたいなんですが」

「そうなんだ。脇道《わきみち》に入《はい》りこんだのかなあ。登山道《とざんどう》は整備《せいび》されたばかりできれいだから、自分《じぶん》で入《はい》っていかないと、迷《まよ》わないと思《おも》うんだけど」

速水《はやみ》さんが、下《くだ》りの道《みち》へ足《あし》を向《む》けた。

「ぼくは、このあたりをもう少《すこ》しさがしてくるよ。雨《あめ》も降《ふ》りそうだし、二人《ふたり》は無理《むり》しないでね」

速水《はやみ》さんが走《はし》って坂《さか》を下《くだ》っていくと、星夜《せいや》が、ため息《いき》をつく。

「はあ。いったい、どこに行《い》ったんだ？　まひるの体力《たいりょく》じゃ、遠《とお》くには行《い》けないはずだけど」

うっ、星夜《せいや》きびしい！　でも、そうなんだよなあ。

「この山《やま》で、特別《とくべつ》にやりたいことでもあったのかな。大川《おおかわ》さんのそばをはなれてでも」

「あまりそうは思《おも》えないけど……もしかして、大川《おおかわ》さんのために何《なに》かをしに行《い》ったのか？」

でも、できるようなこと、あったっけ？

大川《おおかわ》さんといえば、まひるの親友《しんゆう》で、やさしくて――。

「……そういえば、登山《とざん》でしたいことがあるって言《い》ってた？」

あ！

「**「花《はな》を探《さが》しに行《い》ったのかも！」**」

星夜《せいや》といっしょに、叫《さけ》ぶ。

たしかに、ありえる。

大川《おおかわ》さんは、登山《とざん》で花《はな》が見《み》たいって言《い》ってたし、昨日《きのう》のナイト・パーティーで、速水《はやみ》さんが、宝石《ほうせき》を拾《ひろ》った場所《ばしょ》には、きれいな花《はな》が咲《さ》いてたって話《はな》してた。

しかも、速水《はやみ》さんが花《はな》を見《み》つけたのは、頂上《ちょうじょう》から少《すこ》し行《い》ったところ。疲《つか》れきったまひるでも、行《い》ける距離《きょり》だ。

しかも、まひるなら、神《かみ》スキルで、その場所《ばしょ》をだれより簡単《かんたん》に見《み》つけられる！

二人並《ふたりなら》んで、かけ足《あし》で坂《さか》を登《のぼ》りだす。

この坂《さか》は、山頂《さんちょう》から二つ目《め》。確《たし》か、一つ目《め》の坂《さか》を下《お》りきったところだったはず！

「朝陽《あさひ》、このあたりじゃないか？　何《なに》か手《て》がかりは……」

「あ、まひるのクマのぬいぐるみが落《お》ちてる！」

いつもバッグにつけてるやつ。やっぱり、こっちだ！

ゴロゴロゴロ……

雷《かみなり》の音《おと》に上《うえ》を見《み》ると、雲《くも》がどんどん厚《あつ》くなってきてる。

早《はや》く、見《み》つけないと。

星夜《せいや》とうなずきあい、小《ちい》さな坂《さか》を一つ越《こ》えると、ぽっかり開《ひら》けた場所《ばしょ》に出《で》た。あたりには、真《ま》っ白《しろ》い花《はな》が咲《さ》いている。

その真《ま》ん中《なか》にいるのは、まひるだ。

「「**まひる！**」」

おれと星夜《せいや》が同時《どうじ》に叫《さけ》ぶと、まひるがパッと振《ふ》りかえる。

手《て》に持《も》った一輪《りん》の白《しろ》い花《はな》が、かすかに揺《ゆ》れる。

やっぱり、大川《おおかわ》さんのために、花《はな》を探《さが》しに来《き》てたんだ。

はあ、それじゃあ怒《おこ》れないって。

「まひる、こんなところにいたんだ。早《はや》く登山道《とざんどう》に戻《もど》ろう。大川《おおかわ》さんも久遠《くおん》さんも、まひるをさがしてる。早《はや》く無事《ぶじ》だって知《し》らせてあげないと」

「それが——朝陽《あさひ》、星夜《せいや》」

まひるが困《こま》った顔《かお》をする。

どうしたんだろ？　やけに不安《ふあん》そうな顔《かお》だけど。

星夜《せいや》も、まひるに近《ちか》づいた。

「まひる、どうかしたのか？」

「あったの……地面《じめん》に、とんでもないもの」

え？

まひるが、花《はな》をにぎっているのとは別《べつ》のこぶしを、そっと開《ひら》く。
手《て》のひらのうえで、小《ちい》さい何《なに》かが光《ひか》ってる。
星《ほし》だ。
たくさんのキラキラした石《いし》でできた星形《ほしがた》のアクセサリーが、まばゆく輝《かがや》いている。
「それって」
思《おも》わず、のぞきこむ。
耳《みみ》につけるイヤリング——の片方《かたほう》。
まひるが、手《て》の上《うえ》にのせたそれを軽《かる》く揺《ゆ》らすと、透明《とうめい》な石《いし》がきらめいた。
目《め》がくらむほど、まぶしい。
昨日《きのう》見《み》た、速水《はやみ》さんの石《いし》と同《おな》じ輝《かがや》き。
もしかして——。
「**宝石《ほうせき》のついたイヤリング!?**」

11 キケンな男《おとこ》たち

「なんで、ここに宝石《ほうせき》が？」

思《おも》わず、つぶやく。

まひるも、星夜《せいや》も驚《おどろ》いてる。

無理《むり》もない。速水《はやみ》さんの一つだけなら偶然《ぐうぜん》もあるけど、二つもあるなんて絶対《ぜったい》おかしい。

不自然《ふしぜん》すぎる。何《なに》かある——たぶん、よくないこと！


ガサッ！

なに!?


突然《とつぜん》聞《き》こえた草《くさ》をかきわける音《おと》に、三人《にん》とも反射的《はんしゃてき》にかがみこむ。

音《おと》がしたのは、近《ちか》くの木《き》の向《む》こう。少《すこ》し坂《さか》を下《くだ》った方向《ほうこう》だ。

そろそろと、足音《あしおと》を忍《しの》ばせながら移動《いどう》して、草《くさ》のかげからそっと見下《みお》ろす。

——男《おとこ》だ。

黒《くろ》い服《ふく》を着《き》た男《おとこ》が、二人《ふたり》、地面《じめん》の草《くさ》をかきわけている。前髪《まえがみ》の長《なが》い男《おとこ》と、丸刈《まるが》りの男《おとこ》。

なんで、こんなところに人《ひと》が？　しかも、ただのT《ティー》シャツにズボンの服装《ふくそう》で——。

(ふせろ！)

急《きゅう》に、後《うし》ろから頭《あたま》を押《お》さえつけられる。

星夜《せいや》だ。まひるも、となりで同《おな》じように頭《あたま》を押《お》さえられてる。

(二人《ふたり》とも、頭《あたま》を上《あ》げるな。音《おと》にも、もっと気《き》をつけて)

星夜《せいや》の心《こころ》の声《こえ》が、頭《あたま》に響《ひび》く。いつもの落《お》ちついた声《こえ》じゃない。緊張感《きんちょうかん》に満《み》ちた低《ひく》い声《こえ》だ。

不安《ふあん》、警戒《けいかい》——恐怖《きょうふ》？

(星夜《せいや》——)

「見《み》つからんなあ。本当《ほんとう》に、このへんなのか？」

「そのはずだ。上《うえ》の道《みち》から落《お》としたんだから、たぶん、ここらにあるだろう」

心《こころ》の中《なか》できこうとしたとき、草《くさ》むらの向《む》こうから男《おとこ》たちの声《こえ》がした。

「はあ。なんで、わざわざアジトから出《で》てきて、あんな小《ちい》さなものをさがさなきゃいけないんだ。どうでもいいじゃねえか」

「あれが、今回《こんかい》の商品《しょうひん》のなかで一番値段《いちばんねだん》が高《たか》いんだから、しょうがないだろ。それに、イヤリングは二つそろってないと価値《かち》が下《さ》がる。せっかく盗《ぬす》んできたのに、もったいないだろうが」

盗《ぬす》んできた!? そのイヤリングって——。

おれは、まひるが手《て》に持《も》ったままの星形《ほしがた》のイヤリングを見《み》る。

あいつらがさがしてるのは、これ？

そういえば、星形《ほしがた》のイヤリングってどこかで聞《き》いたような……。

まひるが、あっと口《くち》を開《あ》けた。

（ねえ、星形《ほしがた》のイヤリング！　スクール・キャンプの前《まえ》にテレビで見《み》た強盗《ごうとう》のニュースでとりあげられていたものと同《おな》じじゃない!?　ってことは、あの男《おとこ》たちって）

例《れい》の、宝石店《ほうせきてん》をねらった、**連続大規模強盗犯《れんぞくだいきぼごうとうはん》!?**

（……そうみたいだな。心《こころ》を読《よ》んだ限《かぎ》りでは）

星夜《せいや》のしぼりだすような心《こころ》の声《こえ》が、頭《あたま》に響《ひび》いた。

（星夜《せいや》、ほんとに!?　でも、なんでこんなところに？　だってここ、山《やま》の中《なか》じゃん！）

（かくれるのに、よほど都合《つごう》のいい場所《ばしょ》があったみたいだな。あの男《おとこ》たちは、犯行後《はんこうご》、この山《やま》にあるアジトへ移動《いどう》していたみたいだ。その途中《とちゅう》、崖《がけ》ぞいの道《みち》でトラックに加《くわ》わった振動《しんどう》で、うっかり宝石《ほうせき》をいくつか落《お》としたらしい）

(じゃあ、速水《はやみ》さんが拾《ひろ》ったダイヤモンドも、そのときの？)

しかも、アジトに移動《いどう》する途中《とちゅう》ってことは。

まひるが、手《て》に持《も》った花《はな》を見《み》て、ハッとする。

(ちょっと待《ま》って。じゃあ、この星形《ほしがた》のイヤリングといっしょに盗《ぬす》まれた桜子《さくらこ》のネックレスも、この山《やま》の中《なか》のどこかにあるかもってこと⁉)

そうだ、大川《おおかわ》さんのネックレス。

もしかしたら……ここで取《と》りもどせるかもしれない！

「見《み》つかんねえな」「いったん、アジトに戻《もど》るか」

草《くさ》むらの向《む》こうの男《おとこ》の声《こえ》が、少《すこ》しはなれる。

ヒミツのアジトに戻《もど》る気《き》だ。ネックレスのありかをつきとめる、大《だい》チャンス！

(まひる、星夜《せいや》。あいつらの後《あと》を追《お》おう。そうすれば、アジトの場所《ばしょ》がわかる。大川《おおかわ》さんのネックレスも見《み》つけられる！)

(賛成《さんせい》！　じゃあ、いそいで――)

(ダメだ！)

星夜《せいや》の鋭《するど》い声《こえ》が頭《あたま》に響《ひび》いて、ビクッとする。ほとんど聞《き》いたことがない、厳《きび》しい声《こえ》だ。

(考《かんが》えるんだ。オレたちは今《いま》、何《なん》の準備《じゅんび》もしてきてない。こんな状態《じょうたい》でプランもなしに後《あと》を追《お》っても、危険《きけん》なだけだ。絶対《ぜったい》に追《お》わないほうがいい)

(でも、星夜《せいや》。せっかくのチャンスなのに)

(オレたちがここで突然《とつぜん》いなくなったら、キャンプはどうするんだ？　大騒《おおさわ》ぎになるだけじゃすまない。ハル兄《にい》にも心配《しんぱい》をかけることになるだろ？)

それは……。

たしかに、そうだ。今《いま》いなくなったら、星夜《せいや》でも言《い》い訳《わけ》しきれないかも。

でも——施設《しせつ》に戻《もど》ってから、後《あと》を追《お》えるのかな。

この山《やま》にだって、人《ひと》が来《こ》ないわけじゃない。なのに、犯人《はんにん》たちが十年《ねん》も逃《に》げきれているってことは、どこか人《ひと》には見《み》つからないような場所《ばしょ》に潜伏《せんぷく》しているはず。

それを、一度《いちど》、見《み》うしなったあとに見《み》つけるなんて——。

(じゃあ、わたしが一人《ひとり》で行《い》く)

(えっ)

驚《おどろ》いて振《ふ》りむくと、まひるは、じっとおれと星夜《せいや》を見《み》つめていた。

(やっぱり、一度《いちど》逃《のが》すと見《み》つけられないよ。わたしが一人《ひとり》で追《お》うから、朝陽《あさひ》と星夜《せいや》は、速水《はやみ》さんたちにうまく言《い》い訳《わけ》しておいて。スキルで視《み》ながら距離《きょり》をとって追《お》えば、安全《あんぜん》だし――）

（ダメだ。途中《とちゅう》で、スキルの使《つか》いすぎでおなかが空《す》いて、動《うご》けなくなったらどうするんだ？　それに、アジトの場所《ばしょ》がわかっても、山《やま》の中《なか》のどのあたりか、オレたちに連絡《れんらく》できるのか？）

（それは、そうだけど、でも、桜子《さくらこ》のネックレスが！）

（いいから、二人《ふたり》とも落《お》ちつけ）

星夜《せいや》が、わざとやさしい声《こえ》で言《い》った。

（とにかく、この山《やま》にアジトがあることはわかったんだ。一度《いちど》、施設《しせつ》に戻《もど》ってまたプランを考《かんが》えよう。とにかく、今《いま》は、犯人《はんにん》たちに見《み》つからずに、ここをはなれる。いいな）

（でも、星夜《せいや》っ！）


ガサッ！


――あ。

すぐそばで聞《き》こえた音《おと》に、おれも星夜《せいや》も固《かた》まる。

振《ふ》りむくと、身《み》を起《お》こして、ひざ立《だ》ちになったまひるが、青《あお》い顔《かお》でこっちを見《み》ていた。

（……ごめん。疲《つか》れで、足《あし》の力《ちから》が抜《ぬ》けて――）

「なんだ？　今《いま》の音《おと》は」

気《き》づかれた！

二つの足音《あしおと》が、だんだんと近《ちか》づいてくる。

どうする!?

走《はし》って逃《に》げる？　でも、それだと、ここに来《く》るまでに通《とお》った小《ちい》さな坂《さか》を越《こ》える前《まえ》に見《み》つかる！

それなら、むしろこっちからしかける？　先《さき》に攻撃《こうげき》して、ダメ押《お》しにスキルを使《つか》って――。

でも、危険《きけん》な武器《ぶき》を持《も》ってたら？　それに、まひるは、まだすばやく動《うご》けない。

まひるを守《まも》りながら、本当《ほんとう》に勝《か》てるのか？　あの強盗《ごうとう》たちに。

「くっ……」

いろんなことが一気《いっき》に起《お》きて、頭《あたま》がぐちゃぐちゃだ。

ダメだ。決《き》められない！

でも、動《うご》かなきゃ。ここは、おれが――！

――トン

立《た》ちあがろうとした瞬間《しゅんかん》、星夜《せいや》に肩《かた》をつかまれて、後《うし》ろへ押《お》される。

星夜《せいや》が入《い》れ違《ちが》いに前《まえ》へ出《で》る。遠《とお》ざかる背中《せなか》が、いつもより高《たか》く見《み》えた。

え――。

ガササッ！

星夜《せいや》が姿《すがた》をあらわすと、男二人《おとこふたり》が驚《おどろ》いて声《こえ》をあげた。

「が、ガキ⁉　なんで、こんなところに」

「登山《とざん》か？　そういやリーダーが言《い》ってたな。敷地《しきち》の向《む》こうに、何《なに》かの施設《しせつ》ができたって……」

星夜《せいや》、どうするの⁉

おれたちが見《み》つめる前《まえ》で、星夜《せいや》は小《ちい》さく息《いき》をすると、少《すこ》し驚《おどろ》いたような表情《ひょうじょう》を作《つく》った。

「すみません！　きれいな花《はな》を探《さが》していたら、道《みち》に迷《まよ》って……お兄《にい》さんたちも登山《とざん》ですか？」

「えっ！　あ……ああ、まあな」

戸惑《とまど》いながらも、男《おとこ》たちがうなずきあった。

さっきまでの警戒《けいかい》した雰囲気《ふんいき》が、少《すこ》しゆるんでる。星夜《せいや》の演技《えんぎ》が、効《き》いてるんだ！

「あー、きみはだれかと来《き》てるのかな？　登山道《とざんどう》から外《はず》れちゃあダメだろ。なあ」

「あ、ああ。オレたちは慣《な》れてるからいいけどなあ。あ〜、登山道《とざんどう》は、こっちにはないから、たぶん、反対側《はんたいがわ》じゃないかな？　早《はや》く行《い》ったほうがいいぞ」

「ありがとうございます！　助《たす》かりました。それじゃあ」

星夜《せいや》がくるりと背《せ》を向《む》けると、男《おとこ》たちのささやき声《ごえ》がした。

「これ以上《いじょう》いたら、人《ひと》に見《み》られるかも」「オレたちも、一度《いちど》戻《もど》るぞ」

やった。星夜《せいや》のおかげで、なんとか見《み》つからずにすみそう。

まだまひるは立《た》てなそうだから、少《すこ》し休《やす》んで体力《たいりょく》を取《と》りもどしたら、犯人《はんにん》たちを――。

「**止《と》まれ**」

突然《とつぜん》、ゾッとするほど低《ひく》い声《こえ》が響《ひび》いた。大《おお》きな声《こえ》じゃないのに、体《からだ》が震《ふる》える不気味《ぶきみ》な声《こえ》。

奥《おく》の岩場《いわば》の前《まえ》に、大男《おおおとこ》が立《た》っている。

他《ほか》の二人《ふたり》とは比《くら》べられないくらい大《おお》きい、筋肉質《きんにくしつ》の体《からだ》だ。一目《ひとめ》で、力《ちから》で勝《か》てないってわかる。

「あっ、リーダー。そいつは道《みち》に迷《まよ》ったガキで」

「おまえ、本当《ほんとう》は聞《き》いてたんだろう」

男《おとこ》は、他《ほか》の二人《ふたり》を無視《むし》して、星夜《せいや》だけを鋭《するど》くにらんだ。

「えっ、なんのことですか？　オレは何《なに》も……」

「まあいい。聞《き》いていても、いなくても、関係《かんけい》ねえ。オレは、十年《ねん》も同《おな》じ仕事《しごと》をやってる。見《み》つかるとヤバい仕事《しごと》だ。それでも、何《なん》で続《つづ》けてこられたか、わかるか？」

葉《は》っぱを踏《ふ》みにじりながら、男《おとこ》が歩《ある》く。

男《おとこ》は、身《み》がまえた星夜《せいや》の目《め》の前《まえ》まで来《く》ると、まるで威圧《いあつ》するように見下《みお》ろした。

「おまえみたいな、危険《きけん》を招《まね》きそうなやつを、絶対《ぜったい》に見《み》のがさないからだ」

マズい。

助《たす》けなきゃ。今《いま》すぐ、飛《と》びだして――。

（来《く》るな！）

ビクッ

強《つよ》い口調《くちょう》に、体《からだ》がこわばる。

星夜《せいや》の背中《せなか》を見《み》つめた瞬間《しゅんかん》、今度《こんど》は言《い》いきかせるような声《こえ》がした。

（朝陽《あさひ》、絶対《ぜったい》に飛《と》びだすな——何《なに》があっても）

ポツッ　——ポツポツ　ポツ

ザアアァッ

あたりに雨《あめ》が打《う》ちつけはじめる。かなり強《つよ》い。

「……つれてこい。どうするかは、アジトで決《き》める」

（星夜《せいや》！）

男《おとこ》たちにつれられていく背中《せなか》に、心《こころ》の中《なか》で呼《よ》びかける。

聞《き》こえてるなら、返事《へんじ》して！

（……二人《ふたり》で、施設《しせつ》に戻《もど》れ。だいじょうぶ。オレは、すきを見《み》て逃《に》げてくるから）

（すきを見《み》てって……）

星夜《せいや》一人《ひとり》で？　このリーダーの男《おとこ》だけでも、逃《に》げられそうにないのに！

「朝陽《あさひ》くーん」「まひるちゃん、星夜先輩《せいやせんぱい》ー」

聞《き》こえた声《こえ》にハッとして振《ふ》りむいたときには、もう男《おとこ》たちも星夜《せいや》の姿《すがた》も消《き》えている。

ふらふらと登山道《とざんどう》に戻《もど》ると、大川《おおかわ》さんと久遠《くおん》さん、そして速水《はやみ》さんが待《ま》っていた。

「あ、まひるちゃん！　はあ、見《み》つかってよかったよ。ところで朝陽《あさひ》くん、星夜《せいや》くんは？」

「……それが」

なんて言《い》えばいいんだろう。

うまく説明《せつめい》できない。それに……まひると口裏《くちうら》も合《あ》わせないと。

同《おな》じことを思《おも》ったのか、まひるが、おれをちらりと見《み》る。

でも、いつもみたいに心《こころ》で会話《かいわ》できない——星夜《せいや》がいないから。

そのとき、また雨音《あまおと》が大《おお》きくなった。風《かぜ》にあおられながら空《そら》を見上《みあ》げると、真《ま》っ黒《くろ》で不気味《ぶきみ》な雲《くも》が、もう真上《まうえ》まで来《き》ている。

速水《はやみ》さんが、おれたちに背《せ》を向《む》けて言《い》った。

「雨《あめ》がひどくなりそうだ。みんな、いそいで施設《しせつ》に戻《もど》って。はぐれた星夜《せいや》くんは、ぼくがもう少《すこ》しさがしてみるよ！」

「あ、あの！」

はぐれたわけじゃない。だけど……おれもまひるも、何《なに》も言《い》えない。

言《い》われたまま、施設《しせつ》へと歩《ある》きだしながら、振《ふ》りかえる。

でも、雨《あめ》で暗《くら》くなりはじめた山《やま》のどこにも、星夜《せいや》の姿《すがた》はなかった。

12

一人《ひとり》の部屋《へや》

バタン

部屋《へや》のドアを閉《し》めると、耳《みみ》が痛《いた》いほど静《しず》かだ。

おれと星夜《せいや》の部屋《へや》なのに、今《いま》は一人《ひとり》しかいないから。

「……はあ」

おれは、もらったばかりの夕食《ゆうしょく》のトレーをベッドに置《お》くと、ごろりと横《よこ》になった。

トレーには、たきこみごはんに、コロッケに、サラダ。

いつもなら、バクバク食《た》べるようなおかずばっかりだ。

「でも……食《た》べたく、ないかも」

あのあと、強《つよ》い雨《あめ》が降《ふ》ってきたから、おれたちは、星夜抜《せいやぬ》きで急《いそ》いで下山《げざん》した。

速水《はやみ》さんや他《ほか》のスタッフの人《ひと》がさがしてくれたけど、星夜《せいや》はやっぱり見《み》つからなかった。

星夜《せいや》は強盗団《ごうとうだん》につれていかれてしまったんだから、当然《とうぜん》だ。

速水《はやみ》さんは、ハル兄《にい》に連絡《れんらく》を入《い》れ、星夜《せいや》をさがすための捜索隊《そうさくたい》の準備《じゅんび》をしてくれた。

けれど、まだ雨《あめ》が強《つよ》すぎる。警察《けいさつ》とも話《はな》しあって、捜索《そうさく》は雨《あめ》が弱《よわ》くなってからになった。

おれは、ポケットに手《て》を入《い》れて、何度《なんど》も星夜《せいや》に電話《でんわ》したスマホに触《ふ》れる。

けっきょく、星夜《せいや》の電話《でんわ》は一度《いちど》もつながらなかった。犯人《はんにん》に電源《でんげん》を切《き》られたんだと思《おも》う。

ぼんやり視線《しせん》を上《あ》げると、二段《だん》ベッドの天井《てんじょう》が見《み》える。

昨日《きのう》、おれが寝《ね》てた場所《ばしょ》だ。そして、昨日《きのう》の夜《よる》は、星夜《せいや》はここにいた。

どうしよう——星夜《せいや》が戻《もど》ってこない。

おれのせいだ。

おれが、すぐに動《うご》けなかったから。

だから、星夜《せいや》は、捕《つか》まるかもと思《おも》いながらも、おれとまひるをかばって、前《まえ》に出《で》たんだ。

おれのせいで!

コンコン

「……はい」

だれだろ。速水《はやみ》さんかな。

おれがそっとドアを開《あ》けると、久遠《くおん》さんが顔《かお》をのぞかせた。後《うし》ろには、大川《おおかわ》さんもいる。

「朝陽《あさひ》くん、ごめんね。まだ雨《あめ》が降《ふ》ってるから、このあとの自由時間《じゆうじかん》は、キャンプファイヤーから多目的《たもくてき》ルームでのレクリエーションに変《か》わったって伝《つた》えに来《き》たの。星夜《せいや》さんのことは、まだみんなには話《はな》してないけど、無理《むり》して参加《さんか》しなくてもいいって、速水《はやみ》さんが」

「うん、わかった。まひるは？」

おれの質問《しつもん》に、大川《おおかわ》さんが顔《かお》をくもらせた。

「まひるちゃんは、部屋《へや》で休《やす》んでる。一人《ひとり》にしてほしいって言《い》われたから」

「……そっか」

やっぱり、そうだよな……少《すこ》しでも休《やす》めてるといいけど。

「二人《ふたり》とも、知《し》らせに来《き》てくれてありがとう。おれも、もう少《すこ》し休《やす》むよ」

「うん。朝陽《あさひ》くん、ゆっくり休《やす》んでね」

久遠《くおん》さんと大川《おおかわ》さんが、おれを気《き》にしながらも、そっとはなれていく。

でも……休《やす》めるかな。星夜《せいや》がどうなってるかも、わからない状況《じょうきょう》で――。

やっぱり、心配《しんぱい》だよ。星夜《せいや》！

「朝陽《あさひ》くん！」

え？

急《いそ》いで戻《もど》ってきた大川《おおかわ》さんが、閉《と》じかけたドアのすき間《ま》から、顔《かお》をのぞかせた。

「朝陽《あさひ》くん……自分《じぶん》をせめないでね。もし、星夜先輩《せいやせんぱい》がまひるちゃんをさがしてる間《あいだ》にいなくなったとしても、それは、朝陽《あさひ》くんのせいでも、まひるちゃんのせいでもないから」

「大川《おおかわ》さん……」

自分《じぶん》も大変《たいへん》なのに、励《はげ》ましてくれるんだ。やさしいな。

でも、やっぱりおれが悪《わる》いよ。

おれは何《なに》が大事《だいじ》か迷《まよ》って、決《き》められなかった。

すぐに動《うご》ければ、少《すく》なくともこんなことにはならなかったはずなのに！

ぎゅっとにぎったおれのこぶしを、大川《おおかわ》さんがそっとにぎる。気《き》がつくと、手《て》の中《なか》に小《ちい》さなアメが入《はい》っていた。

おれは、アメをつまんで、まじまじと見《み》つめる。

緑色《みどりいろ》の袋《ふくろ》――これ、もしかして、星夜《せいや》のアメ？

「登山《とざん》のときにもらった残《のこ》りなの」

朝陽《あさひ》くんが持《も》っていたほうがいいと思《おも》って、と大川《おおかわ》さんが言《い》った。

「わたしが言《い》うことじゃないけど……星夜先輩《せいやせんぱい》は、何《なに》があっても、二人《ふたり》のことをせめないんじゃないかな。星夜先輩《せいやせんぱい》にとって、二人《ふたり》が、一番大事《いちばんだいじ》な人《ひと》だと思《おも》うから」

星夜《せいや》にとって、おれたちが──。

もらったアメの袋《ふくろ》を開《あ》けて、緑《みどり》のつぶを口《くち》に放《ほう》りこむ。

「…………にっが！」

星夜《せいや》、これ、クセになるとかいうレベルじゃないって！

でも、おかしいな。アメといっしょに、不安《ふあん》も緊張《きんちょう》もとけていく。

「ありがとう、大川《おおかわ》さん」

大川《おおかわ》さんと別《わか》れてドアを閉《し》めると、また静《しず》かな部屋《へや》になる。でも、さっきほど気《き》にならない。

「……**助《たす》けに行《い》く**」

そうだ。星夜《せいや》はいつも、おれたちを助《たす》けてくれる。だから、今回《こんかい》はおれたちが助《たす》けなきゃ。

それに、星夜《せいや》も言《い》ってた。だれだって、つらいときには支《ささ》えが必要《ひつよう》だって。

だったら、星夜《せいや》がつらいときは、絶対《ぜったい》に、俺《おれ》が支《ささ》えたい。

星夜《せいや》は、おれにとって何《なに》より大切《たいせつ》な、きょうだいだから！

「よしっ！」

声《こえ》を上《あ》げて、ベッドから立《た》ちあがると、夕飯《ゆうはん》をササッと食《た》べて、リュックを開《あ》ける。

登山《とざん》で入《い》れていた荷物《にもつ》を出《だ》して、水入《みずい》りの新《あたら》しいペットボトルを入《い》れた。

「あとは、スマホと、寒《さむ》くなったときのための着替《きが》えと……」

リュックを閉《と》じると、防水《ぼうすい》の上着《うわぎ》をはおる。

これで、準備完了《じゅんびかんりょう》だ。

キイィ……

少《すこ》しだけドアを開《あ》けると、廊下《ろうか》をこっそりのぞく。

みんな多目的《たもくてき》ルームに集《あつ》まっているのか、今《いま》はだれもいない。行《い》くなら、今《いま》かも。

雨《あめ》、少《すこ》しは弱《よわ》くなってるかな。上着《うわぎ》は着《き》てるけど、移動《いどう》が大変《たいへん》になるし……。

「そういえば、この服《ふく》を選《えら》んでくれたのは、まひるだったっけ」

まひる、まだ部屋《へや》にいるかな。星夜《せいや》の救出《きゅうしゅつ》……誘《さそ》ったほうがいい？

「う～ん。でも、施設《しせつ》に戻《もど》ってくるときも疲《つか》れてフラフラしてたから、無理《むり》させるとよくないかも。それに、危《あぶ》なすぎるって止《と》められる可能性《かのうせい》もあるし……」

「だーれが、止《と》・め・る・っ・て？」

「ふぁえ!?」

今《いま》、ドアがしゃべった!?　――なわけない。

「まひる！」

ドアを大《おお》きく開《ひら》くと、出入《でい》り口《ぐち》のすぐ横《よこ》にいたまひるが、のっそりと姿《すがた》をあらわす。

そんなとこにかくれてたの!?　しかも、片《かた》ひざ立《た》てて、ポーズとってるし！

「はー、そろそろ動《うご》きだすんじゃないかと思《おも》って、ここで待《ま》ちぶせしてたの。ちなみに、スキルは使《つか》ってないよ。これはホントのカン」

「カン、よすぎない!?　……もしかして、おれを止《と》めに来《き》たの？　でも、もう決《き》めたから。止《と》められても絶対《ぜったい》行《い》く――」

「まさか。いっしょに行《い》くために来《き》ただけ」

「え？」

今《いま》、なんて？

「だから、わたしもいっしょに行《い》くよ。二人《ふたり》のほうが、星夜《せいや》を助《たす》けられる確率《かくりつ》が上《あ》がるでしょ」

まひるが、肩《かた》をすくめた。

「だいたい、朝陽《あさひ》は一人《ひとり》で、星夜《せいや》をどうやって助《たす》けるつもりなの？　星夜《せいや》がつれていかれた場所《ばしょ》に行《い》くだけでも、かなりの時間《じかん》がかかるよ。それに、十年見《ねんみ》つかってない犯人《はんにん》たちの居場所《いばしょ》を、一人《ひとり》でつきとめられると思《おも》う？」

「うっ！」

言《い》うとおりすぎて、何《なに》も反論《はんろん》できない！

「それに、山《やま》の中《なか》を移動《いどう》するんだから、いろいろ道具《どうぐ》がいるでしょ。はい。懐中電灯《かいちゅうでんとう》に、靴《くつ》カバー。顔《かお》をかくすためのネックカバーに……」

まひるが、リュックからつぎつぎに道具《どうぐ》を出《だ》してくる。

うわっ、おれの十倍《ばい》は準備《じゅんび》してるかも。

「でも、そこまで準備《じゅんび》してたなら、なんで誘《さそ》いに来《こ》なかったの？　星夜《せいや》を助《たす》けに行《い》こうって」

「それは……やっぱり、危《あぶ》ないかもって思《おも》ったから」

まひるが、リュックの肩《かた》ひもを、ぎゅっとにぎった。

「星夜《せいや》を助《たす》けに行《い》こうって言《い》ったら、朝陽《あさひ》は絶対《ぜったい》、来《き》てくれる。誘《さそ》ったわたしのために……本当《ほんとう》は、怖《こわ》くて行《い》こうか迷《まよ》ってたとしても。それは、ちょっといやだったの」

「まひる……」

おれが、無理《むり》しないようにってこと？　それは……。

それは、おれと同《おな》じだ。まひるを誘《さそ》うか迷《まよ》ったおれと、同《おな》じ気持《きも》ち。

お互《たが》いが、大事《だいじ》だから。

――星夜《せいや》も、こんな気持《きも》ちだったのかな。

「まひる、ありがとう」

おれは、まひるの手《て》を、ぎゅっとにぎる。

心《こころ》の声《こえ》が聞《き》こえなくても――。

星夜《せいや》を助《たす》けたい気持《きも》ちも、きょうだいが心配《しんぱい》な気持《きも》ちも、同《おな》じなんだ。

「おれたちで星夜《せいや》を助《たす》けよう。おれ一人《ひとり》じゃ無《む》理《り》だけど、いっしょなら、きっとできる」

「きっと、じゃなくて、絶対《ぜったい》ね」

まひるが、ニッと笑《わら》う。

そうだ。絶対助《ぜったいたす》ける。

おれはまひると、廊下《ろうか》を歩《ある》きはじめる。

「**――行《い》こう、二人《ふたり》で**」

星夜《せいや》を助《たす》けるために。

13 暗《くら》闇《やみ》のジップライン！

新《あたら》しい登山用《とざんよう》ウェアに、防水性《ぼうすいせい》の上着《うわぎ》。

背中《せなか》には、道具《どうぐ》をつめたリュック。

そして、顔《かお》をかくすための、変装用《へんそうよう》ネックカバー。

おれとまひるは、完全装備《かんぜんそうび》で、裏口《うらぐち》からそっと施設《しせつ》を出《で》た。

建物《たてもの》の一番《いちばん》はしにある、多目的《たもくてき》ホールの電気《でんき》が明《あか》るく光《ひか》っている。

大川《おおかわ》さんも久遠《くおん》さんも、あそこにいるはずだ。

「でも、いなくなっても本当《ほんとう》にバレないかな？　二人《ふたり》が気《き》づかなくても、スタッフさんとか」

「だいじょうぶ。特別《とくべつ》に、朝陽《あさひ》たちの部屋《へや》で過《す》ごす許可《きょか》をもらったから。桜子《さくらこ》と夕花梨《ゆかり》ちゃんにも、そう伝《つた》えてきたし」

まひるは、門《もん》を出《で》ると、スマホとマップを持《も》ちなおした。

「早《はや》く行《い》こう。ゆっくり歩《ある》いてたら見《み》つかっちゃう」

「うん」

おれも、後《あと》について外《そと》に出《で》る。

山《やま》の奥《おく》へ続《つづ》く道《みち》。アスレチックでも散々回《さんざんまわ》ったのに、暗《くら》いだけで、少《すこ》し緊張《きんちょう》する。

「そういえば、まひる。星夜《せいや》の居場所《いばしょ》を、どうやってつきとめる？　それに、わかったとしても、二人《ふたり》でたどりつけるの？　まひるは、下山《げざん》するときもフラフラだったのに」

「だいじょうぶ。部屋《へや》でしっかり休《やす》んだから、もう元気《げんき》になったよ。それに、下山中《げざんちゅう》にわたしがフラフラしてたのは、疲《つか》れてたからだけじゃないの。足下《あしもと》がよく見《み》えなくて」

「足下《あしもと》が？　たしかに、雨《あめ》は降《ふ》ってたけど、よく見《み》えないってほどじゃ——あ、もしかして！」

「そう。目《め》をつむって、スキルで星夜《せいや》のあとを追《お》ってたの」

まひるが、パチッとウインクした。

「後《あと》から助《たす》けに行《い》くにしても、スキルでできるかぎり追《お》っておいたほうが、ムダがないでしょ。

あのときには、もう動《うご》きだしてたってこと。さすが、わたし！」

たしかに、さすがまひる！　今言《いまい》ったら、調子《ちょうし》にのりそうだから言《い》わないけど。

「それで、どこまで追《お》えたの？　犯人《はんにん》たちのアジトもわかった？」

「ううん。星夜《せいや》を連《つ》れた犯人《はんにん》たちは、ラフティングをした川《かわ》を、上流《じょうりゅう》の小川《おがわ》のところで渡《わた》って、どんどん進《すす》んでた。途中《とちゅう》で、はなれすぎて視《み》えなくなっちゃったけど……」

それが、星夜《せいや》を視《み》た最後《さいご》ってことか。

「そこからどれくらい遠《とお》くに行《い》ったんだろ。かなり遠《とお》くだったら、マズくない？」

「犯人《はんにん》たちは軽装《けいそう》だったし、そう遠《とお》くはないと思《おも》う。追《お》える距離《きょり》にはいるはずだよ」

まひるは、歩《ある》きながら、マップを大きく広《ひろ》げる。

何重《なんじゅう》にもかかれたぐにゃぐにゃの線《せん》が見《み》える。このあたりの山《やま》の、細《こま》かいマップだ。

まひるは、「施設《しせつ》から、ちょっと借《か》りてきたの」と言《い》って、大《おお》きなバツ印《じるし》を指《ゆび》さした。

「ここが、最後《さいご》にスキルで視《み》たところ。一回引《かいひ》いて、空《そら》から確認《かくにん》したから間違《まちが》いないと思《おも》う。まずは、ここまで行《い》こう。と、思《おも》ってるんだけど……そのう……」

まひるの声《こえ》が、だんだん小《ちい》さくなる。

いつの間《ま》にか、二人《ふたり》で坂道《さかみち》を一息《ひといき》に登《のぼ》ってきてる。なのに、うす暗《ぐら》いなかで見《み》えた階段《かいだん》を上《のぼ》りはじめたまひるの足《あし》は、すっかり遅《おそ》くなっていた。

？　どうしたんだろ。

「まひる、何《なに》か問題《もんだい》でもあるの？　やっぱり時間《じかん》が足《た》りないとか？」

「ううん。それはだいじょうぶ。近道《ちかみち》を考《かんが》えてきたから。でも、問題《もんだい》は……その近道《ちかみち》なの！」

ダンッ

階段《かいだん》を上《のぼ》りきったまひるが、びくびくしながら目《め》の前《まえ》のデッキを指《ゆび》さす。

ここ……一日目《にちめ》で乗《の》ったジップラインの乗《の》り場《ば》！

しかも、おれたちが乗《の》らなかったほうのワイヤーだ。

「そういえば、これならもっと遠《とお》くまで行《い》けるってスタッフの人《ひと》が言《い》ってたっけ」

「そう。これで、星夜《せいや》を見《み》うしなった場所《ばしょ》の近《ちか》くまでいけるから、三十分《ぷん》以上《いじょう》時間《じかん》が短縮《たんしゅく》できるの。道具《どうぐ》もそろってるし。でも……」

まひるが、深刻《しんこく》な顔《かお》で黙《だま》りこむ。

どうしたんだろ。もしかして、まだ調整中《ちょうせいちゅう》で使《つか》えないとか!?

「こんな暗《くら》いなかで、ジップラインに乗《の》るなんて、こわすぎ――――！」

「そこ!?」

たしかに、気持《きも》ちはわからなくもないけど！

「だって、川《かわ》には明《あ》かりもないから、真《ま》っ暗《くら》やみにダイブするってことでしょ。いちおう施設《しせつ》を出《で》る前《まえ》に、スタッフさんにそれとなくきいて、設備《せつび》に問題《もんだい》がないことは確認《かくにん》したけど！」

さすが、まひる。準備《じゅんび》よすぎ。

まあ、本当《ほんとう》は職員《しょくいん》さんがいないときに使《つか》っちゃいけないから、それは必要《ひつよう》だよな。

おれは、棚《たな》に並《なら》んだハーネスと、ジップラインの先《さき》をみくらべる。

たしかに、ワイヤーの先《さき》は真《ま》っ暗《くら》だ。一日目《にちめ》のジップラインであんなにこわがってたまひるが乗《の》るのは、厳《きび》しいかもしれない。

――でも。

棚《たな》からジップライン用《よう》のハーネスを一つひとつ取《と》って、目《め》で確認《かくにん》する。

うん、これがよさそう。

黙《だま》って、二つの金具《かなぐ》をジップラインのワイヤーにかませ、体《からだ》にすばやくハーネスをつける。

体重《たいじゅう》をかけてちぎれないか確認《かくにん》してから、デッキに立《た》ったままのまひるに手《て》を伸《の》ばした。

「まひる、いっしょに飛《と》ぼう。星夜《せいや》のために」

何《なに》かあったら、おれがなんとかする。

「……わかった」

まひるが、自分《じぶん》でも、もう一度《いちど》確認《かくにん》しながら、ハーネスをつける。一日目《にちめ》によく観察《かんさつ》してたのか、何度《なんど》も金具《かなぐ》が外《はず》れないか確認《かくにん》する。スタッフさん顔負《かおま》けの手《て》ぎわのよさだ。

準備《じゅんび》をすませると、まひるが真剣《しんけん》な顔《かお》でおれの手《て》をにぎる。

小《ちい》さく震《ふる》えた手《て》を、おれはぎゅっとにぎりかえした。

……だいじょうぶ。二人《ふたり》なら、行《い》ける！

「まひる、行《い》くよ！」

「うん！」

二人《ふたり》とも、ハーネスのひもを持《も》つ。

トントントンと、デッキのはしに向《む》かって走《はし》ると、胸《むね》がドキドキと鳴《な》る。

「三、二、一」

GO《ゴー》！

ヒユッ——

デッキから、すべるように宙《ちゅう》へ飛《と》びだすと、体《からだ》が一直線《いっちょくせん》に飛《と》んでいく。

正面《しょうめん》から、強《つよ》い風《かぜ》が当《あ》たる。目《め》を開《あ》けているのも、むずかしいくらいだ。

暗闇《くらやみ》を切《き》りさきながら、どこまでも飛《と》んでいくかのようにすべっていく。

暗《くら》くて前《まえ》が見《み》えないから、すごいスリル！

——あれ。なんか昨日《きのう》やったときより、速《はや》くない⁉

「わあああ、きょりがながいぶんー、スピードが出《で》てるうううう」

「まひる、少《すこ》し落《お》ちついて！　おれの鼓膜《こまく》が破《やぶ》ける！」

足元《あしもと》の大《おお》きな川《かわ》を一気《いっき》に越《こ》えると、ジップラインのコースはそのまま山《やま》に入《はい》っていく。

まひるの懐中電灯《かいちゅうでんとう》に照《て》らされた枝《えだ》が、一瞬《いっしゅん》だけ見《み》えては闇《やみ》に消《き》えていく。

これ、どこまで行《い》けるんだろう……あ！

「見《み》えてきた、ゴール！」

声《こえ》をはりあげながら、コースの先《さき》を指《さ》す。ウッドチップがしきつめられた、着地点《ちゃくちてん》だ。

まひるが息《いき》をのむ。

「い、勢《いきお》いがつきすぎてない!?　あ、朝陽《あさひ》〜！」

「だいじょうぶ！」

まひるを抱《かか》えるように、ぐんと足《あし》を上《あ》げる。

速度《そくど》は上《あ》がるけど、ケガはしにくい。着地《ちゃくち》しやすい体勢《たいせい》だ。

ズザザザッ！

スライディングするみたいに、ウッドチップにすべりこむ。

雨《あめ》のせいで、勢《いきお》いが止《と》まらない！　奥《おく》のネットに激突《げきとつ》する!?

「よっ！」

ぐんっ

まひるを抱《かか》えたまま、体《からだ》を横《よこ》に倒《たお》す。

抵抗《ていこう》が大《おお》きくなって速度《そくど》が落《お》ちた体《からだ》は、なんとかネットギリギリでぴたりと止《と》まった。

……ふう。

一回《かい》やって、コツをつかんどいてよかった。そうじゃなかったら、ちょっと危《あぶ》なかったかも。

「まひる、だいじょうぶ？　ケガしてない？」

「うん。でも、こーわーかーっーたー！　もう次《つぎ》のジップラインは、推《お》しアイドルといっしょにワイヤーアクションするときまで取《と》っとく！」

「推《お》しアイドルといっしょならいいの⁉」

それより、急《いそ》がなきゃ。まずは、まひるが最後《さいご》に星夜《せいや》を視《み》た場所《ばしょ》へ！

マップを広《ひろ》げたまひるに続《つづ》いて、おれも山道《やまみち》を歩《ある》きだす。

懐中電灯《かいちゅうでんとう》を手《て》に、整備《せいび》された遊歩道《ゆうほどう》を外《はず》れると、とたんに足元《あしもと》がゴツゴツした岩《いわ》と木《き》の根《ね》だらけになる。

はあ、歩《ある》くだけで、けっこう疲《つか》れる！　星夜《せいや》も、こんなところを歩《ある》いて行《い》ったのかな。

水《みず》を飲《の》みながら、しばらく歩《ある》くと、まひるが足《あし》を止《と》める。

大《おお》きな岩《いわ》が一つある、山《やま》のど真《ま》ん中《なか》だ。

「ついたよ。ここが、最後《さいご》に星夜《せいや》を視《み》たところ。向《む》こうのほうへ歩《ある》いて行《い》ったと思《おも》う」

「ありがと、まひる」

よし、まずは、ここまで来《き》た！ でも、ここからどうしよう。

犯人《はんにん》たちのあとなんて、そう簡単《かんたん》にはなさそう。二人《ふたり》の男《おとこ》と、あの大男《おおおとこ》の――。

「あ、これ！」

おれは、地面《じめん》に見《み》えたでこぼこに、さっと懐中電灯《かいちゅうでんとう》を向《む》ける。

くつあとが、いくつもついてる。それに、草《くさ》がふみわけられたあとも。

まひるが、目《め》を丸《まる》くする。

「そういえば、あいつら、草《くさ》を踏《ふ》んでた。わたしが視《み》た方角《ほうがく》とも合《あ》ってる。絶対《ぜったい》これ！」

あとをたどるように懐中電灯《かいちゅうでんとう》を動《うご》かすと、草《くさ》が折《お》れたあとが先《さき》まで続《つづ》いてる。

これを追《お》えば、きっとアジトまで行《い》ける！

二人《ふたり》でうなずくと、今度《こんど》は、犯人《はんにん》たちがつけたあとを追《お》って、一列《れつ》で山《やま》を進《すす》む。

道《みち》はどんどん険《けわ》しくなる。犯人《はんにん》たちのアジトは、やっぱり山《やま》の奥深《おくふか》くにあるみたいだ。

パラパラと、葉《は》っぱから落《お》ちた雨《あま》つぶがフードに当《あ》たる。

雨《あめ》は、ほとんど止《や》んできた。でも、山《やま》をのぼったからか、さっきより寒《さむ》い。

星夜《せいや》、だいじょうぶかな。おれたちでも、こんなに心細《こころぼそ》いのに……。

早《はや》く見《み》つけだそう。そして、三人《にん》で脱出《だっしゅつ》して――。

ゴンッ

「いてっ！」

まひるの頭《あたま》に、思《おも》いっきり鼻《はな》ぶつけた～！　これ、鼻《はな》が真《ま》っ赤《か》になってない!?

「うー、じんじんする。まひる、止《と》まる前《まえ》に言《い》って――」

「朝陽《あさひ》……足《あし》あとが消《き》えてる」

ええっ!?

あわてて、まひるの前《まえ》に回《まわ》りこむ。

いつの間《ま》にか雑草《ざっそう》が減《へ》って、地面《じめん》も、土《つち》から細《こま》かな砂《すな》や石《いし》に変《か》わってる。

崖近《がけちか》くの岩場《いわば》だ。もう、まわりの草《くさ》に、踏《ふ》みしめたあとはない。

明《あ》かりもない――ただの山《やま》の中《なか》。

「**「見《み》うしなった～!?**」

こんなところまで来《き》て！

二人《ふたり》で、キョロキョロとまわりを見《み》まわす。でも、やっぱり何《なん》のあともない。

目《め》の前《まえ》には、緑《みどり》のつたがびっしりと生《は》えた、とても登《のぼ》れないような高《たか》い崖《がけ》がそびえている。

「もしかして、これを登《のぼ》っていった？　でも、犯人《はんにん》たちは道具《どうぐ》を持《も》ってそうにはなかったのに」

「づ・が・れ・だ……………」

まひるが、地面《じめん》にうずくまって、うなり声《ごえ》をあげた。

「え〜ん。これじゃあ、わたしたちこそ、本当《ほんとう》の遭難《そうなん》じゃない！　星夜《せいや》も見《み》つけられないうえに、もう足《あし》もボロボロ！　休《やす》まなきゃ、一歩《いっぽ》も歩《ある》けない〜！」

うわっ。まひるが落《お》ちこんでる！　ジップラインだけでも、かなり大変《たいへん》だったもんな。

「まひる、休憩《きゅうけい》しよう。それから、またプランを考《かんが》えて——」

あ！

崖《がけ》の緑《みどり》のかげに見《み》えたものに、おれは動《うご》きを止《と》める。

黒《くろ》い、ぬめぬめした長《なが》いものが、葉《は》っぱのかげにいる。

山《やま》の中《なか》にいる、そういう動物《どうぶつ》といえば、一つしかない。

「ヘビ！」

「ええっ、ヘビ⁉」

まひるも、座《すわ》りかけた地面《じめん》からぴょんと跳《と》びあがると、崖《がけ》を見《み》て、もう一度《いちど》跳《と》びあがった。

「ああっ。ホントだ、ヘビがいる。しかも、こんなに近《ちか》く⁉　朝陽《あさひ》、なんとかして。ほら、スキルで持《も》ちあげて逃《に》がしてあげるとか」

「ええっ、スキルでヘビを持《も》つの⁉　なんか、ぬるっと逃《に》げられそう！」

ええっと、うなぎのつかみ取《ど》りみたいな感《かん》じで持《も》ちあげたらいいのかな？

それとも、下《した》から全体《ぜんたい》を支《ささ》えるイメージ……。

ん？

「……まひる。これ、ヘビじゃない」

おれは、勇気《ゆうき》を出《だ》して、崖《がけ》はだをはう黒《くろ》いものを、ぐっとつかむ。

ぴくりとも動《うご》かない。それに、にぎるとビニールみたいな感触《かんしょく》がする。

電子機器《でんしきき》をつなぐケーブルだ。しかも、かなり長《なが》い。先《さき》を目《め》で追《お》ってもどこまでも続《つづ》いてる。

「「……もしかして」」

ごくっ
二人《ふたり》でケーブルをたどっていくと、つたが特《とく》に濃《こ》く生《は》えた崖《がけ》はだに、たどりつく。

そっとケーブルを引《ひ》っぱると、つたがからんだ迷彩柄《めいさいがら》の布《ぬの》がカーテンみたいに持《も》ちあがった。

——明《あか》るい。

電気《でんき》の明《あ》かりだ。自然《しぜん》に起《お》きる光《ひかり》とは違《ちが》う、人《ひと》がいる証《あかし》。

「わあっ……」

あまりの広《ひろ》さに、思《おも》わず、息《いき》がもれる。

どうくつだ。

ゴツゴツした岩《いわ》でできた、ぽっかりとあいた空間《くうかん》が、目《め》の前《まえ》に広《ひろ》がっている。

広《ひろ》い出入《でい》り口《ぐち》から入《はい》ったのか、なんと小《ちい》さなトラックまで停《と》まってる。

これで、外《そと》と行《い》き来《き》してたんだ。

どうくつは、さらに奥《おく》へ続《つづ》いてる。どれくらい深《ふか》いのか、予想《よそう》すらできない。

「……間違《まちが》いない」

ここが、強盗《ごうとう》たちのアジト。

おれはまひると目《め》を合《あ》わせて、うなずきあう。

やっと見《み》つけた。

宝石《ほうせき》がかくされた場所《ばしょ》。そして、星夜《せいや》がいる場所《ばしょ》！

14 どうくつへの潜入《せんにゅう》

わたし、まひるは、どうくつから少《すこ》しはなれた岩《いわ》のかげに腰《こし》をおろした。

アジトに突入《とつにゅう》するには、情報《じょうほう》が足《た》りない。

先《さき》に、わたしのスキルでアジトの中《なか》をじっくり視《み》てから、一気《いっき》に星夜《せいや》を救出《きゅうしゅつ》するためだ。

それにしても、こんなところにかくれてたなんてね。十年《ねん》間《かん》、見《み》つからなかったのも納得《なっとく》。

……まあ、今《いま》からわたしたちに暴《あば》かれちゃうんだけど。

「ふう――」

まずは、息《いき》をはいて心《こころ》を落《お》ちつける。

犯人《はんにん》がすぐそばにいると思《おも》うとこわいけど、朝陽《あさひ》が見《み》はってくれるから、だいじょうぶ。

「まひる。調査《ちょうさ》は、まかせた」

「オーケー」

朝陽《あさひ》、いつもよりそわそわしてる。星夜《せいや》を早《はや》く助《たす》けたくて、たまらないんだ。

でも、それはわたしも同《おな》じ！

胸《むね》の前《まえ》で、こぶしをにぎると、すっと目《め》を閉《と》じる。

深《ふか》く息《いき》を吸《す》って——集中《しゅうちゅう》。

息《いき》を止《と》めた瞬間《しゅんかん》、宙《ちゅう》に浮《う》かんでいるような、変《へん》な感覚《かんかく》がしてくる。スキルを使《つか》う感覚《かんかく》だ。

アジトについて調《しら》べたいことはいっぱいあるけど、まずは、星夜《せいや》を見《み》つけだす。

無事《ぶじ》でいて、星夜《せいや》！

そう強《つよ》く想《おも》った次《つぎ》の瞬間《しゅんかん》、まぶたの裏《うら》に、ゴツゴツした岩《いわ》の壁《かべ》が視《み》えた。

さっきまでいた、どうくつの入《い》り口《ぐち》。緑《みどり》のカーテンの向《む》こう側《がわ》だ。

よし、視《み》えた。感度良好《かんどりょうこう》。

さっと視点《してん》を移動《いどう》させて、どうくつの入《い》り口《ぐち》を天井《てんじょう》から見下《みお》ろす。

入《い》り口《ぐち》のスペースは、とにかく広《ひろ》い。少《すこ》し小型《こがた》の運送用《うんそうよう》トラックが一つ。ケーブルがたくさんつながった、箱型《はこがた》の機械《きかい》が一つ。

たぶん、蓄電機《ちくでんき》だ。外《そと》に置《お》いたソーラーパネルで発電《はつでん》した電気《でんき》を、たくわえてるんだろう。

——**ここのアジトの、生命線《せいめいせん》ってことね。**

トラックの運転席《うんてんせき》には、犯人《はんにん》が一人座《ひとりすわ》ってる。

星夜《せいや》をつれていった、黒《くろ》いT《ティー》シャツとズボンの、前髪《まえがみ》の長《なが》い男《おとこ》だ。
あー、のんきにスマホ見《み》てる！　でも、星夜《せいや》は間違《まちが》いなくここにいるってことだよね。
絶対《ぜったい》、見《み》つけだす！
気《き》を取《と》りなおして、トラックの荷台《にだい》をのぞいてみるけど、中身《なかみ》は空《から》だ。人《ひと》の姿《すがた》はない。
さすがに、こんなところにはいないか。
「……大事《だいじ》なものは、もっと奥《おく》、かな」
とすると、あやしいのは、トラックの奥《おく》に視《み》えてる通路《つうろ》。
どうくつのさらに奥《おく》へと続《つづ》く、細《ほそ》い通路《つうろ》だ。
視点《してん》をずらして、するりと通路《つうろ》に侵入《しんにゅう》する。
まず、すぐ左手《ひだりて》に部屋《へや》が一つ視《み》える。大《おお》きなカーペットがある部屋《へや》だ。
会議室《かいぎしつ》かな？　あ、モニターがある。監視《かんし》カメラで、どうくつの出入《でい》り口《ぐち》を映《うつ》してる？
潜入《せんにゅう》するときは、映《うつ》りこまないように注意《ちゅうい》しないと。
さらに通路《つうろ》の先《さき》にある部屋《へや》を、いくつかのぞく。
二つ目《め》、三つ目《め》……でも、どこにも星夜《せいや》の姿《すがた》はない。
なんで!?　絶対《ぜったい》に、ここにいるはずなのに。

「……ううん、あきらめない」

このアジトのすべての部屋《へや》を視《み》るまでは！

通路《つうろ》の奥《おく》へ、さらに入《はい》りこむ。この先《さき》の部屋《へや》は、少《すこ》しはなれたところにあるみたいだ。

奥《おく》へ、さらに奥《おく》へ。

じっとりした通路《つうろ》を、奥《おく》へ進《すす》んでいく。

ただ、くねくねした通路《つうろ》が続《つづ》くだけだから、どんどん心細《こころぼそ》くなる。

本当《ほんとう》に、この先《さき》に？　でも、アジトの中《なか》で一《いち》番《ばん》逃《に》げにくいからこそ――！

「……あった」

――どうくつの一番奥《いちばんおく》。

その部屋《へや》だけ、古《ふる》ぼけたドアがついてる。

出入《でい》り口《ぐち》から遠《とお》くて、人《ひと》を閉《と》じこめるには、うってつけの場所《ばしょ》だ。

……ごくっ

緊張《きんちょう》しながら、ゆっくりと近《ちか》づいて、ドアをすりぬける。

中《なか》にはライトがないのか、ここだけ真《ま》っ暗《くら》だ。何《なに》があるのか、ほとんど視《み》えない。

星夜《せいや》……いるの？

ドアのすき間《ま》からかすかにもれる光《ひかり》を頼《たよ》りに、必死《ひっし》に部屋《へや》の中《なか》に目《め》をこらす。

壁《かべ》ぞいにあるのは、棚《たな》と、積《つ》みあがった段《だん》ボール。

部屋《へや》の中心《ちゅうしん》には、だれかが一人《ひとり》、横《よこ》たわっている。

暗《くら》くて、顔《かお》も姿《すがた》もよくわからない。けれど、かすかな明《あ》かりで、土《つち》がついたグレーのスニーカーがわずかに視《み》えた。

——星夜《せいや》のスニーカー！

「星夜《せいや》、いた！」

「まひる、ほんと!?　状況《じょうきょう》は？」

「待《ま》って」

もう一度《いちど》、スキルに集中《しゅうちゅう》する。それでも、部屋《へや》があまりに暗《くら》くて、星夜《せいや》は、うっすらとしたシルエットでしか視《み》えない。

足《あし》は、自由《じゆう》そうだけど、手《て》が不自然《ふしぜん》なくらい後《うし》ろに引《ひ》っぱられている。

後《うし》ろで、手《て》をしばられてるんだ。ケガは、してないよね？

視《み》てることしかできなくて、くやしい。

せめて、ここだよって声《こえ》をかけられたら。

ううん。すぐ助《たす》けに行《い》く！

「朝陽《あさひ》、星夜《せいや》は一番奥《いちばんおく》の部屋《へや》にいる！　今《いま》から潜入《せんにゅう》の方法《ほうほう》を考《かんが》えて――」

スキルで視《み》ながら説明《せつめい》しようとしたとき、会議室《かいぎしつ》に男《おとこ》が入《はい》っていくのが視《み》える。

よく視《み》ると、他《ほか》の男《おとこ》たちも動《うご》いてる。

話《はな》し合《あ》いでもするつもり？　男《おとこ》たちが一か所《しょ》に集《あつ》まるなら、今《いま》がチャンス！

わたしは、パッと目《め》を開《あ》けた。

「朝陽《あさひ》、すぐ潜入《せんにゅう》するよ。星夜《せいや》を助《たす》ける！」

「ええっ、今《いま》⁉　でも、おれ、まだ中《なか》がどうなってるか――」

「進《すす》みながら、わたしがナビする。急《いそ》いで！」

どうくつの奥《おく》へ続《つづ》く通路《つうろ》。

あそこにあった監視《かんし》カメラさえ突破《とっぱ》できれば、中《なか》に入《はい》れる！

つたでできた緑《みどり》のカーテンのすき間《ま》から、するりとどうくつの中《なか》に入《はい》りこむ。

トラックにいた男《おとこ》の姿《すがた》は、もうない。入《い》り口《ぐち》のあたりは、完全《かんぜん》な無人《むじん》だ。

「たしか、監視《かんし》カメラは真正面《ましょうめん》を映《うつ》してたよね……」

さっきスキルで視《み》た映像《えいぞう》を思《おも》いだしながら、カメラに映《うつ》らないよう、息《いき》を止《と》めて壁《かべ》ぞいにタタッと走《はし》る。

一度《いちど》、ストップして目《め》を閉《と》じ、会議室《かいぎしつ》にあるモニターをスキルで視《み》る。

ふー、いそがしい。

でも、よかった。カメラの向《む》きは、記憶《きおく》どおり。わたしも朝陽《あさひ》も、まだまったく映《うつ》ってない。

ここから、カメラを少《すこ》しずらせば、映《うつ》らずにすりぬけられそう！

「朝陽《あさひ》、あそこの監視《かんし》カメラ、見《み》える？」

わたしは目《め》を開《あ》けると、細《ほそ》い通路《つうろ》の入《い》り口《ぐち》に見《み》える、小型《こがた》のカメラを指《ゆび》さした。

「あのカメラの向《む》きを、スキルで少《すこ》しずつ上《うえ》に動《うご》かして。下《した》のほうに映《うつ》らない場所《ばしょ》を作《つく》って忍《しの》びこもう。犯人《はんにん》たちがモニターを見《み》てないタイミングを、腕《うで》をつかんで教《おし》えるから。お願《ねが》い！」

そっとささやくと、朝陽《あさひ》がうなずいてカメラをにらむ。

もう、いつでもいけそうだ。

朝陽《あさひ》の腕《うで》にそっと手《て》をそえると、もう一度《いちど》目《め》を閉《と》じて、スキルで会議室《かいぎしつ》を視《み》る。
……メガネの男《おとこ》がモニターを見《み》てる。あ、目《め》をはなした！
ギュッ
——**ズズ、ズズズ**
わたしが朝陽《あさひ》の腕《うで》をつかむと、モニターに映《うつ》るカメラの映像《えいぞう》が、少《すこ》し上《うえ》へずれる。
いい感《かん》じ。っと、今度《こんど》は、別《べつ》の男《おとこ》が気《き》づきそう。朝陽《あさひ》の手《て》をはなして——。
もう一回《かい》！
ギュッ！　**ズズズズッ**
ストップ！
朝陽《あさひ》の腕《うで》からパッと手《て》を放《はな》した瞬間《しゅんかん》、細身《ほそみ》の男《おとこ》がモニターを見《み》つめる。
ふう、間一髪《かんいっぱつ》！
でも、これで、カメラは上《うえ》を向《む》いた。
地面《じめん》スレスレを行《い》けば、見《み》つからずに忍《しの》びこめる！
「……行《い》こう」
じりっ……　じりっ

カメラに映《うつ》りこまないように、地面《じめん》に腹《はら》ばいになりながら、奥《おく》のほうへ進《すす》む。

ううっ、小《ちい》さな石《いし》が痛《いた》い！

しかも、このアジト、出口《でぐち》はここ一か所《しょ》しかないんだよね。

窓《まど》がないから、他《ほか》のルートでの脱出《だっしゅつ》は不可能《ふかのう》。入《はい》ったらもう、地獄《じごく》への一本道《いっぽんみち》だ。

でも、行《い》かなきゃ。星夜《せいや》を助《たす》けられるのは、わたしたちだけ！

「……っはあ！」

カメラぎりぎりのところをなんとかぬけて、どうくつの通路《つうろ》を進《すす》む。会議室《かいぎしつ》は、もうそこだ。

あとは、スキルで中《なか》を視《み》ながら、見《み》つからなそうなタイミングで横《よこ》をすり抜《ぬ》けて――。

「そ、それで、どうするんすか！」

ビクッ！

わたしは、あわてて目《め》を閉《と》じて、スキルで会議室《かいぎしつ》の中《なか》を視《み》る。

広《ひろ》い部屋《へや》には、六人《にん》の男《おとこ》が集《あつ》まっている。その中《なか》の一人《ひとり》の男《おとこ》が言《い》った。

「大事件《だいじけん》じゃないですか。あんな、ふつうの子《こ》どもに見《み》つかるなんて聞《き》いてないっすよ！」

「今《いま》さら、そんなこと言《い》ってもしょうがねえだろ！　ここ一年《ねん》くらいで、新《あたら》しく施設《しせつ》を作《つく》ったって話《はなし》だ。まさか、あんなに大規模《だいきぼ》に登山道《とざんどう》を作《つく》ってるなんてな」

「別《べつ》のところへ逃《に》げます？　それとも、ここで嵐《あらし》が過《す》ぎるのを待《ま》つか……」

「む、無理《むり》ですよ。子《こ》どもが一人《ひとり》消《き》えてるんです。絶対《ぜったい》に、捜索隊《そうさくたい》がさがしに来《く》る。山《やま》をすみからすみまで徹底的《てっていてき》にさがされたら、ここだって見《み》つかります！」

「じゃあ、どうすんだよ！　……チッ。だいたい、子《こ》どもを連《つ》れてこなきゃよかったんだ。口止《くちど》めして帰《かえ》したほうがマシだっただろ」

「はあ？　そうしたところで、いつガキがしゃべるか気《き》が気《き》じゃなかっただろ。だいたい、アジトに戻《もど》ってくるときに、車《くるま》の助手席《じょしゅせき》からおまえが宝石《ほうせき》を落《お》とさなけりゃ、こんなことには――」

「ああ？　やるか!?」

……仲間割《なかまわ》れしてる！

ラッキ〜〜〜！　これなら、ここでしばらく時間《じかん》を使《つか》ってくれるかも。

そのすきに、星夜《せいや》を助《たす》けだして逃《に》げれば――。

「**……うるせえな**」

シーン
一番奥《いちばんおく》にいた男《おとこ》が、うめくように言《い》った瞬間《しゅんかん》、言《い》い争《あらそ》いがぴたりと止《と》まる。

スキルで視《み》ていたわたしも、思《おも》わず息《いき》をのんだ。

——大《おお》きな体《からだ》の、暗《くら》い顔《かお》の犯人《はんにん》。

さっき、星夜《せいや》をつれていくように、指示《しじ》したリーダーの男《おとこ》だ。

一人《ひとり》だけ、空気《くうき》が違《ちが》う。視《み》ただけで、背筋《せすじ》がぞくぞくする。

ダメ。これ以上《いじょう》は、隙《すき》ができそうにない！

もめていた男《おとこ》たちも、急《きゅう》に弱《よわ》い声《こえ》になった。

「お、おれは、別《べつ》にどうでもいいっすよ。な、なあ」

「あ、ああ。でも、どっちにしろ、ここからははなれたほうがいいだろうな。捜索《そうさく》ヘリには気《き》づかれなくても、どうくつの前《まえ》まで歩《ある》いてこられたら、見《み》つかる可能性《かのうせい》は高《たか》い」

「はあ、いい場所《ばしょ》だったんだけどなあ。しょうがねえ。別《べつ》のアジトに移《うつ》るか」

「そうですね。宝石《ほうせき》も荷物《にもつ》も、ありったけ運《はこ》んで——あ、あの子《こ》どもはどうします？」

「どうするって……」

ガヤガヤとした会議室《かいぎしつ》が、また、しんとなる。

みんな、結論《けつろん》を言《い》うのをためらっている。自然《しぜん》と集《あつ》まった視線《しせん》の中《なか》、リーダーの男《おとこ》が、低《ひく》く、うなるように言《い》った。

「——始末《しまつ》しよう」

え？

聞《き》こえてきた言葉《ことば》が信《しん》じられなくて、思《おも》わず瞬《まばた》きした。

朝陽《あさひ》も、同《おな》じような顔《かお》だ。ただぼう然《ぜん》と、目《め》を見《み》ひらいてる。

そんな、まさか。

始末《しまつ》するって――星夜《せいや》が殺《ころ》されちゃうってこと⁉

15 決《けっ》死《し》の一《いっ》本《ぽん》道《みち》

——迷《まよ》ってるヒマもない！

おれ、朝陽《あさひ》は、すっと腰《こし》を浮《う》かせた。

部屋《へや》の中《なか》が、ざわざわしてる。犯人《はんにん》たちが、ここから逃《に》げるために動《うご》きだしたんだ。

もう、すぐにだれかが出《で》てきて、はちあわせしてもおかしくない！

「……どうする⁉」

まひるが、抑《おさ》えた声《こえ》でささやく。

どうしよう。どうする？

おれにできること。

おれに——できるのは！

「まひる！　このどうくつの中《なか》の情報《じょうほう》、どれくらい集《あつ》めた⁉」

「え⁉　ま、まだあんまり。星夜《せいや》さがしを優先《ゆうせん》したから、部屋《へや》の位置《いち》と数《かず》くらいしか——」

それがわかれば、オーケー！
おれは、会議室《かいぎしつ》とは逆方向《ぎゃくほうこう》に手《て》を伸《の》ばす。
今《いま》さっき、おれとまひるが入《はい》ってきたどうくつの通路《つうろ》の入《い》り口《ぐち》。
ねらうのは、そのさらに先《さき》。
トラックの横《よこ》にある、このアジトの生命線《せいめいせん》。
まひるが、おれが手《て》を伸《の》ばした先《さき》を見《み》て、ぎょっとする。
「あああっ、本気《ほんき》!?」
トーゼン。
手《て》を伸《の》ばしたほうを、大《おお》きく開《ひら》いた目《め》で見《み》る。
その瞬間《しゅんかん》、背中《せなか》を、スキルを使《つか》う独特《どくとく》の感覚《かんかく》がかけぬけた。
星夜《せいや》を助《たす》けて、三人無事《にんぶじ》に脱出《だっしゅつ》するためには、これしかない。
——おれは、この可能性《かのうせい》に賭《か》ける！
グッ
ねらいのものを巻《ま》きとるように、広《ひろ》げていた手《て》をにぎりこむ。
何本《なんぼん》もの、長《なが》い長《なが》いケーブル。

大《おお》きな蓄電機《ちくでんき》につながる、すべてのケーブルを――抜《ぬ》く！

ブツッ！

――――――――フッ

「わあっ！」

男《おとこ》の悲鳴《ひめい》とともに、どうくつの中《なか》の電気《でんき》がすべて消《き》える。

悲鳴《ひめい》は、すぐ前《まえ》から聞《き》こえた。

でも、もう真《ま》っ暗《くら》だ。相手《あいて》の姿《すがた》も、こちらの姿《すがた》も見《み》えない。真《しん》の闇《やみ》。


――チャンス！

暗闇《くらやみ》の中《なか》で、まひるの手《て》をつかむ。

電気《でんき》がついてパニックが収《おさ》まるまでの、星夜救出《せいやきゅうしゅつ》レース。


スタート！

ダッ

まひるをつれて、暗闇《くらやみ》のなか、男《おとこ》の横《よこ》をすりぬける。

あわててるのか、まったく気《き》づいてない。

しかも、男《おとこ》たちの動揺《どうよう》した声《こえ》で、足音《あしおと》もごまかせてる！

「おい！　明《あ》かりが全部消《ぜんぶき》えたぞ！」「ちくしょう、スマホ、充電中《じゅうでんちゅう》だ！」

「何《なに》も見《み》えねえ。懐中電灯《かいちゅうでんとう》どこだ！」「一人《ひとり》一本《ぽん》あるだろ!?」

よし。

男《おとこ》たちのいらだった声《こえ》のかげで、まひると、どうくつの奥《おく》へ向《む》かう。

目指《めざ》すは、一番奥《いちばんおく》。星夜《せいや》が捕《つか》まってる部屋《へや》！

「まひる、手《て》を引《ひ》いてナビして。できる？」

ぎゅっ
まひるが、手《て》をにぎりかえして、今度《こんど》はおれの手《て》を引《ひ》いてくる。

キユッキユッ　キユッ
足元《あしもと》で、スニーカーが鳴《な》る。

暗闇《くらやみ》のなかを、二人《ふたり》で進《すす》む。

真《ま》っ暗《くら》ななか、壁《かべ》に手《て》をつきながら、転《ころ》ばないように走《はし》る。

これ、どう走《はし》ってるかぜんぜんわからなくて、めちゃくちゃ怖《こわ》い！

もう、いくつ部屋《へや》を通《とお》りすぎたんだろ――。

チラッと、背後《はいご》で一瞬光《いっしゅんひかり》が差《さ》す。

犯人《はんにん》だ！　見《み》つかる！

「こっち」

まひるに手《て》を引《ひ》かれて、左《ひだり》の穴《あな》に飛《と》びこむ。

くつ音《おと》の反響《はんきょう》が、小《ちい》さくなる。せまい部屋《へや》に入《はい》ったんだ。

手《て》を下《した》に引《ひ》っぱられながら、壁《かべ》を背《せ》に、二人《ふたり》でしゃがみこむ。

……ここで、待《ま》てってこと？

ザッ　ザッ

「はあ。急《きゅう》に荷物《にもつ》をまとめろって言《い》われても……」

「っ！」

来《き》た。

サーッと、入《い》り口《ぐち》から懐中電灯《かいちゅうでんとう》の光《ひかり》が差《さ》す。けれど、入《い》り口《ぐち》の近《ちか》くの壁《かべ》を背《せ》にしているから、おれたちに光《ひかり》は当《あ》たらない。

気《き》づかれてないとわかってても、震《ふる》えそうになる。

……まだだ。まだ動《うご》くな。

「つと。たしか、寝袋《ねぶくろ》のあたりに……」

男《おとこ》が、部屋《へや》の奥《おく》にある寝袋《ねぶくろ》に近《ちか》づいて、地面《じめん》にひざをつく。どうやら、手探《てさぐ》りでスマホを探《さが》しているらしい。

まひるに、手《て》をぎゅっとにぎられる。

「……タイミング、合《あ》わせて」

こくり

「あったあった」

男《おとこ》がスマホを手《て》に、ゆっくりと立《た》ちあがる。

懐中電灯《かいちゅうでんとう》がこちらへ向《む》く直前《ちょくぜん》、

「今《いま》！」

行《い》けっ！

あの背後《はいご》の——寝袋《ねぶくろ》で！

おれは、手《て》をかざしながら、スキルで寝袋《ねぶくろ》をうにょうにょと持《も》ちあげる。

背後《はいご》の気配《けはい》に気《き》づいて振《ふ》りかえった男《おとこ》は、高《たか》く持《も》ちあがった寝袋《ねぶくろ》を見《み》て、目《め》を回《まわ》した。

「な、なんだ!?」

よっ！

きゅっと手《て》をにぎると、寝袋《ねぶくろ》が、エサを丸《まる》のみするヘビみたいに、男《おとこ》に頭《あたま》からかぶさった。

そのまま寝袋《ねぶくろ》を下《さ》げて、男《おとこ》を足《あし》までおおうと、ファスナーを一瞬《いっしゅん》でしめて、床《ゆか》に転《ころ》がす。

「なにっ、どうなってんだ、うわあ⁉」

寝袋《ねぶくろ》の中《なか》で、犯人《はんにん》がじたばた暴《あば》れる。

犯人丸《はんにんまる》のみ寝袋《ねぶくろ》ヘビ、いっちょあがり！

「これで、一人《ひとり》——」

「何《なん》の騒《さわ》ぎだ！」

やばい。部屋《へや》の外《そと》から声《こえ》がする。

はやくここから出《で》ないと！

「これ、このプラン、いそがしすぎない⁉」

「ちゃんと事前《じぜん》にプランを組《く》まないから～！　とにかく行《い》こう！」

まひるに引《ひ》っぱられて、部屋《へや》を飛《と》びだす。

近《ちか》くに人影《ひとかげ》はない。一気《いっき》に、どうくつの奥《おく》まで行《い》くチャンスだ！

また、まひるの案内《あんない》で、暗《くら》いどうくつの通路《つうろ》を走《はし》る。

まひるが、部屋《へや》の場所《ばしょ》と位置《いち》を覚《おぼ》えててくれてよかった。そうじゃないと、とてもじゃないけど進《すす》めてない。

……星夜《せいや》、無事《ぶじ》かな。早《はや》く会《あ》いたい！

「待《ま》って！」

「ええっ⁉」

まひるが急《きゅう》に足《あし》を止《と》めたせいで、あやうく壁《かべ》につっこみそうになる。

あぶな！　あれ、まひるが手《て》をはなしてる⁉

見《み》まわすと、すぐ右《みぎ》の穴《あな》から小《ちい》さな光《ひかり》がもれている。

部屋《へや》に入《はい》ったまひるが、懐中電灯《かいちゅうでんとう》で何《なに》かを照《て》らしていた。

「まひる、どうしたの？」

「ここ、宝石《ほうせき》の保管場所《ほかんばしょ》みたいなの。棚《たな》の中《なか》に、宝石《ほうせき》が入《はい》った箱《はこ》や袋《ふくろ》がある。もしかしたら、桜《さくら》子《こ》のネックレスもここにあるかも！」

そうだ、大川《おおかわ》さんのネックレス！

おれも、入《い》り口《ぐち》から、中《なか》をのぞく。

部屋《へや》の壁《かべ》ぞいに、大《おお》きな棚《たな》がびっしり並《なら》んでる。中《なか》は、段《だん》ボールや箱《はこ》でいっぱいだ。

これ、ぜんぶ宝石《ほうせき》!?　棚《たな》に——いや、宝石《ほうせき》に囲《かこ》まれた部屋《へや》だ！

「すごい数《かず》！　でも、まひる、数《かず》が多《おお》すぎるって。先《さき》に星夜《せいや》を助《たす》けないと！」

「わかってる！　でもせめて、スキルで、どこにあるかだけでも確認《かくにん》できれば——」

「だれだ!?」

マズい！

突然《とつぜん》、こちらを向《む》いた光《ひかり》に、さっと部屋《へや》の中《なか》へ身《み》をかくす。急《いそ》いで、手元《てもと》の懐中電灯《かいちゅうでんとう》も消《け》す。

けれど、通路《つうろ》からこっちに向《む》けられた懐中電灯《かいちゅうでんとう》の明《あ》かりは、消《き》えそうにない。

むしろ、どんどん強《つよ》くなる。

近《ちか》づいてきてる!?　どうしよう。ここには、逃《に》げ道《みち》もないのに！

そのとき、まひるにぐいっと腕《うで》を引《ひ》っぱられた。

「朝陽《あさひ》、この大《おお》きな棚《たな》に入《はい》るよ。ここ！」

「えっ、そこ!?　出入《でい》り口《ぐち》のすぐ横《よこ》だけど!?」

あ〜、でも、もう時間《じかん》もない！

二人《ふたり》で棚《たな》の一番下《いちばんした》の段《だん》に飛《と》びこんだ瞬間《しゅんかん》、おれのフードのすぐ先《さき》を強《つよ》い光《ひかり》がかすめた。

あっぶな！

――シーン

おれたちも、部屋《へや》に入《はい》ってきた男《おとこ》も黙《だま》りこむ。いやな沈黙《ちんもく》。

「……さっさと出《で》てこい。かくれてるのは、わかってるんだぞ」

だから、そう言《い》われて出《で》てくるやつ、いないって！

でも、どうしよう。ここだってすぐに見《み》つかる。おれたちまで捕《つか》まったら、星夜《せいや》が！

ちょんちょん

おれの肩《かた》をつついたまひるが、そうっと棚《たな》の外《そと》を指《ゆび》さす。

部屋《へや》の真《ま》ん中《なか》にいる犯人《はんにん》――違《ちが》う、さらにその奥《おく》にある、おれたちと反対位置《はんたいいち》の棚《たな》。

一番下《いちばんした》の段《だん》に入《はい》っている、大《おお》きな箱《はこ》だ。

まひるが、今度《こんど》はおれの肩《かた》をつかんで、ゆさゆさゆすってくる。

……わかったかも！

おれは、まひるが指《ゆび》さした箱《はこ》を、じっと見《み》つめる。

わざとらしくないように――でも、音《おと》はするくらいの強《つよ》さで！

ガタッ
スキルでゆすった箱《はこ》が音《おと》を立《た》てた瞬間《しゅんかん》、犯人《はんにん》は、さっと箱《はこ》のほうを振《ふ》りむいた。

「……見《み》つけたぜ」

男《おとこ》は、おれが揺《ゆ》らした箱《はこ》のほうへ、自信《じしん》たっぷりに近《ちか》づいていく。

そう、それでいい。そのまま、部屋《へや》の一番奥《いちばんおく》へ行《い》って、箱《はこ》をけろうと足《あし》を引《ひ》いて――。

「ここにいるのは、わかってんだよ！」

ボコッ！

「残念《ざんねん》でした！　ハズレだよー」

男《おとこ》のけりが段《だん》ボールにめり込《こ》んだ瞬間《しゅんかん》、おれとまひるはさっと棚《たな》から飛《と》びだすと、さっきまで入《はい》っていた棚《たな》に手《て》をかけた。

うわっ、重《おも》たい！　でも、二人《ふたり》でならできる！

「「せーの！」」

ドンッ！

二人《ふたり》でかたむけた棚《たな》が、犯人《はんにん》に向《む》かってぐらりと倒《たお》れていく。

「う、うわあっ！」

ドシーン！

あたりから、ほこりがもくもくと舞《ま》いあがる。

棚《たな》のすき間《ま》から奥《おく》をのぞくと、犯人《はんにん》の男《おとこ》は、棚《たな》と荷物《にもつ》につぶされて目《め》を回《まわ》していた。

「ふうっ」

ダミー作戦《さくせん》、大成功《だいせいこう》。このまま、一気《いっき》に奥《おく》まで行《い》く！

「大川《おおかわ》さんのネックレスは、あとで回収《かいしゅう》しよう。行《い》くよ、まひる！」

おれは犯人《はんにん》が落《お》とした懐中電灯《かいちゅうでんとう》を拾《ひろ》うと、まひると手《て》を取《と》りあって部屋《へや》を飛《と》びだす。

ここまで来《き》たら、速《はや》さ優先《ゆうせん》。息《いき》をするのも忘《わす》れるくらいの速度《そくど》だ。

「……あと少《すこ》し！」

まひるの声《こえ》が響《ひび》く。

懐中電灯《かいちゅうでんとう》を前《まえ》に向《む》けながら角《かど》を曲《ま》がると、通路《つうろ》の突《つ》きあたりに、くすんだ色《いろ》のドアが見《み》えた。

星夜《せいや》は、ここにいる。やっと、ここまでたどりついた。

——星夜《せいや》、待《ま》ってて。

「今《いま》、助《たす》ける！」

16 今《いま》できること

「はあ……」
ため息《いき》が、せまい倉庫《そうこ》に響《ひび》く。横《よこ》に倒《たお》れたままだから、吸《す》いこむ空気《くうき》がほこりっぽい。
オレ、星夜《せいや》は、何《なに》も見《み》えないと知《し》りながら、天井《てんじょう》をあおいだ。
どうくつの中《なか》。
しかも、今《いま》いる倉庫《そうこ》は照明《しょうめい》がないから、自分《じぶん》の体《からだ》もはっきり見《み》えないくらい真《ま》っ暗《くら》だ。
……閉《と》じこめられてから、どれくらい経《た》ったんだろう。
一時間《じかん》？　二時間《じかん》？　時間《じかん》の感覚《かんかく》がまったくない。
犯人《はんにん》たちも顔《かお》を見《み》せないから、心《こころ》を読《よ》んで情報《じょうほう》を得《え》ることもできない。
「まあ、人《ひと》が来《こ》ない間《あいだ》は安全《あんぜん》なんだけど……」
それでも、状況《じょうきょう》がよくないことだけは確《たし》かだ。
……朝陽《あさひ》とまひるは、どうしてるんだろ。

スタッフには、なんて説明《せつめい》したんだろう。宿泊施設《しゅくはくしせつ》で困《こま》りきってるか？　連絡《れんらく》を受《う》けたハル兄《にい》に、励《はげ》ましてもらってるかも。

「そうだったら、いいんだけどな」

オレは、ほんの少《すこ》し――ほんのすこしだけ、さみしいけど。

そっと目《め》を閉《と》じる。暗《くら》さは変《か》わらない。相変《あいか》わらず、世界《せかい》は暗《くら》いままだ。

……これから、どうするか迷《まよ》うな。

とりあえず、犯人《はんにん》が来《き》たら暴《あば》れてみるか？　朝陽《あさひ》やまひるが聞《き》いたらギョッとするだろうけど、何《なに》もしないままやられるより、すっきりするかもしれない。

「やけになりすぎてるか？　でも、どうせ一人《ひとり》なら……ん？」

ちょっと待《ま》て。何《なに》かがおかしい。

オレは、もう一度《いちど》、ひとみを開《ひら》く。

相変《あいか》わらず倉庫《そうこ》は真《ま》っ暗《くら》だ。目《め》の前《まえ》にあるものの姿《すがた》すら見《み》えない。

――いや、最初《さいしょ》、この倉庫《そうこ》は真《ま》っ暗《くら》じゃなかった。

少《すく》なくとも、ドアの下《した》にあるすき間《ま》から、かすかだけれど、通路《つうろ》の光《ひかり》がもれてきていたはずだ。

「犯人《はんにん》が、明《あ》かりを消《け》した？　いや、どうくつの中《なか》では危険《きけん》すぎる。そう考《かんが》えると……」

「**星夜《せいや》ー！**」

今《いま》の声《こえ》！

ハッと、ドアのほうを振《ふ》りむく。

ドアの下《した》のすき間《ま》から、かすかに、本当《ほんとう》にかすかに光《ひかり》がもれている。

元気《げんき》な足音《あしおと》が、二つする。だれか、もう確認《かくにん》するまでもない。

「朝陽《あさひ》、まひる!?」

どうしてここに!?

ドンッ！

目《め》の前《まえ》のドアが、突然《とつぜん》、震《ふる》えたかと思《おも》うと、足音《あしおと》が止《と》まって、暗闇《くらやみ》に二人《ふたり》の声《こえ》が響《ひび》いた。

「星夜《せいや》、無事《ぶじ》!?　うげっ、ドアノブがサビてる！」

「朝陽《あさひ》、いいから早《はや》く！　今《いま》、わたしたちが助《たす》けるから！」

ガチャガチャッ　ガチャッ

ドアノブが回《まわ》る音《おと》がする。でも、ドアは開《ひら》かない。

――まさか！

「二人《ふたり》とも、カギは持《も》ってきたか？　倉庫《そうこ》のドアに取《と》りつけられてる外《そと》カギの！」

「『えっ、外《そと》カギ⁉』」

ドアノブを回《まわ》す音《おと》が止《と》まった次《つぎ》の瞬間《しゅんかん》、まひるの声《こえ》がした。

「あ――――！　ホントだ。このドア、外《そと》から取《と》りつけるタイプのカギがついてるー！」

「ええっ⁉　まひる、それスキルで視《み》てなかったの⁉」

「……はあ」

この調子《ちょうし》だと、とにかくオレを助《たす》けるために飛《と》びだしてきたんだな……。

これじゃあ、やけにもなれないな。でも……なんでだろう。

二人《ふたり》が来《く》るだけで、力《ちから》がわいてくる。

オレは、倉庫《そうこ》の中《なか》で、天《てん》をあおぐ。

こうなったら、やることは一つだ。

――この倉庫《そうこ》から、三人《にん》で無事《ぶじ》に脱出《だっしゅつ》する！

「二人《ふたり》とも、ドアのほうへ懐中電灯《かいちゅうでんとう》を向《む》けてくれ。何《なに》か方法《ほうほう》がないか調《しら》べる！」

そう言《い》った瞬間《しゅんかん》、ドアのすき間《ま》からもれる光《ひかり》が強《つよ》くなる。それだけで頼《たの》もしい。

後《うし》ろで手《て》をしばられたまま、ドアをじっと観察《かんさつ》する。

金属製《きんぞくせい》の古《ふる》いドアだ。表面《ひょうめん》がサビて、ボロボロになっている。

これなら——。

「くっ！」

ドンッ！

肩《かた》からドアに体当《たいあ》たりすると、ちょうつがいがミシッときしむ。

でも、ダメだ。ドアが外《はず》れる気配《けはい》はない。

続《つづ》けて、もう一度《いちど》、もう一度《いちど》と立《た》てつづけにドアにぶつかるけど、結果《けっか》は同《おな》じだ。

せめて、外《そと》のカギさえ開《あ》けられれば！　やっぱり、二人《ふたり》だけでも助《たす》けるしかないのか!?

「二人《ふたり》とも、一度《いちど》ここから出《で》て、プランを立《た》てなおせ。最悪《さいあく》、犯人《はんにん》からカギを奪《うば》えなかったら、二人《ふたり》で逃《に》げて——」

「いやだよ。おれも、まひるも、もうはなれない」

「なっ……」

(朝陽《あさひ》、それは——)

そのとき、ドアの向《む》こうで、向《む》きを変《か》えるくつ音《おと》が、キュッと鳴《な》った。

「とにかく、待《ま》ってて！　すぐにカギをさがして戻《もど》ってくる。そうしたら——」

「**その必要《ひつよう》はないぞ**」

ぞくっ

いやな声《こえ》がする。聞《き》くだけで、不安《ふあん》になる声《こえ》だ。

しかも、このせまいどうくつの中《なか》では、よく響《ひび》く。

さっき、オレをおどして、この倉庫《そうこ》に押《お》しこんだあいつだ！

「二人《ふたり》とも、気《き》をつけろ！」

そいつは、銃《じゅう》を。

「——銃《じゅう》を持《も》ってる！」

17 ゼロ距離《きょり》の直接対決《ちょくせつたいけつ》

パッ！

突然《とつぜん》、視界《しかい》が真《ま》っ白《しろ》になる。

おれ、朝陽《あさひ》は、あわてて顔《かお》に手《て》をかざした。

壁《かべ》に下《さ》がっていたライトの光《ひかり》で、ゴツゴツした岩《いわ》はただの天井《てんじょう》が、はっきり見《み》える。

アジトの中《なか》の電気《でんき》が、復活《ふっかつ》したんだ。ずっと暗《くら》いなかにいたから、目《め》を開《あ》けてられない！

「さがしているのは、これだろう」

チャラチャラ
カギの金属音《きんぞくおん》が響《ひび》く。

右手《みぎて》に拳銃《けんじゅう》、左手《ひだりて》にカギ。

その二つが小《ちい》さく見《み》えるくらい、威圧感《いあつかん》のある体《からだ》をしている。

強盗団《ごうとうだん》のリーダーだ！

「……ごめん。今日《きょう》のわたし、ミスしすぎ？」と、まひるがささやく。

「ううん。おれも油断《ゆだん》してた」

大勢《おおぜい》で宝石店《ほうせきてん》を襲《おそ》うようなヤツらだ。危険《きけん》な武器《ぶき》を持《も》ってるって、考《かんが》えとくべきだった！

男《おとこ》が、銃口《じゅうこう》を、さっとまひるに向《む》ける。

「っ！」

とっさに、まひるをかばうように、前《まえ》に出《で》る。

かばっただけで、銃弾《じゅうだん》を防《ふせ》げるわけじゃないけど――。

リーダーの大男《おおおとこ》は、見《み》せびらかすように揺《ゆ》らしたあと、カギを上着《うわぎ》の胸《むね》ポケットにいれた。

「いったい、どうやって、ここに入《はい》りこんだ。そもそも、どうやってここを見《み》つけた？　山道《やまみち》から は見《み》つけられないはずだ。もしかして、さっきのガキが発信機《はっしんき》でも持《も》ってたのか？」

そうだったら、ここまで苦労《くろう》しなかったんだけど。

「さっき電源《でんげん》を落《お》としたのも、おまえたちか。どうしたのかは知《し》らないが、まあ、うまいことやったな」

「それは、どうも。でも、不用心《ぶようじん》すぎなんじゃない？　どうくつには光《ひかり》が入《はい》らないんだから、電《でん》気《き》が消《き》えないように対策《たいさく》しといたほうがいいと思《おも》うけど」

「はっはっは！　おもしろいぼうずだな。それはそうだ。ただ、ここが見《み》つかるとは思《おも》ってなかったんでなあ」

リーダーの男《おとこ》は、大笑《おおわら》いしたあと、銃口《じゅうこう》を向《む》けたまま言《い》った。

「……なあ、ぼうず。さっき、倉庫《そうこ》にあった宝石《ほうせき》の山《やま》も見《み》ただろ？　あの中《なか》から、好《す》きなものを一つやるから、ここのことを秘密《ひみつ》にする約束《やくそく》をしないか？」

――それって。

「口止《くちど》め料《りょう》、ってやつ？」

「ああ、そうだ。約束《やくそく》できるなら、おまえも、そこのお嬢《じょう》ちゃんも、ここから無事《ぶじ》に帰《かえ》してやる。そこの倉庫《そうこ》の中《なか》にいるガキも、いっしょだ。どうせ友《とも》だちか何《なに》かだろ？」

リーダーの男《おとこ》は、あごをくいと動《うご》かして、ドアを指《さ》した。

「一人《ひとり》一つ、宝石《ほうせき》を持《も》って帰《かえ》ればいい。特別《とくべつ》サービスだ。一瞬《いっしゅん》で、一生分《いっしょうぶん》のおこづかい以上《いじょう》のお金《かね》が手《て》に入《はい》る。大金持《おおがねも》ちだぞ」

「……そんなの！」

ぜんぜん、欲《ほ》しくない。

それに、ウソに決《き》まってる。

宝石《ほうせき》をもらったところで、おれたちが約束《やくそく》を守《まも》るかどうか、わからない。

こいつらはおれたちを生《い》きて帰《かえ》すつもりはないはずだ。

あれ？　でも、おかしいよな。それなら約束《やくそく》の話《はなし》なんて、しなくてもいいはずなのに——。

「……おじさん。ここでは、撃《う》ちたくないんでしょ？」

後《うし》ろから、まひるが強気《つよき》に言《い》った。本当《ほんとう》はこわいはずなのに、必死《ひっし》に声《こえ》を張《は》りあげる。

「どうくつの壁《かべ》は岩《いわ》でできてる。それに、ここはせまいから、もしかしたら弾《たま》が跳《は》ねかえって、おじさんに当《あ》たるかも。だからもっと広《ひろ》い部屋《へや》か外《そと》へ、わたしたちを誘導《ゆうどう》したい。でしょ？」

まひる——。

「はっはっは！　お嬢《じょう》ちゃん、頭《あたま》がいいんだなあ。バレちゃあしかたない。そうなんだ」

「……じゃあ！」

ここで戦《たたか》えば、まだ可能性《かのうせい》が！

「でもな、いい方法《ほうほう》があるんだよ——倉庫《そうこ》に向《む》けて、撃《う》てばいいのさ」

リーダーの男《おとこ》は、おれの正面《しょうめん》に、ぴたりと銃口《じゅうこう》を向《む》けた。

え。

「倉庫《そうこ》に向《む》けて撃《う》つ。そうすれば弾《たま》は、ぼうずとお嬢《じょう》ちゃん、それに倉庫《そうこ》の中《なか》のガキ、全員《ぜんいん》に当《あ》たる。銃《じゅう》の弾《たま》は、ふつうのドアくらい貫通《かんつう》するんだよ」

まひるが、おれの上着《うわぎ》のすそをぎゅっとにぎる。

手《て》の震《ふる》えが伝《つた》わってくる――この男《おとこ》の話《はなし》は、ウソじゃないんだ。

「さすがに倉庫《そうこ》の中《なか》まで飛《と》んだ弾《たま》は、ここまでは跳《は》ねかえってこないだろ。さて、どうする？」

どうするって――。

おれは、そっと後《うし》ろを振《ふ》りかえる。

星夜《せいや》が閉《と》じこめられたドアは、しんとしたままだ。何《なん》の音《おと》も聞《き》こえてこない。

まひるが、青《あお》い顔《かお》で、小《ちい》さく口《くち》を開《ひら》く。

「――あ」

「おっと、相談《そうだん》はなしだぜ」

ガチャ！

男《おとこ》がすかさず、まひるに銃口《じゅうこう》を向《む》ける。

「これ以上《いじょう》、オレをイライラさせないでくれよ。さあ、ここから出《で》るんだ！」

まひるは、おびえるようにドアに背中《せなか》をつけたまま、おれの肩《かた》に手《て》を置《お》いた。

――どうすればいいかは、わかってる。

というより、この男《おとこ》があらわれたときから、どうするかは決《き》まってた。

ただ、その瞬間《しゅんかん》に向《む》けて、すべてをつみかさねてきただけだ。

だから――これは、おれが言《い》わなくちゃ。

「……じゃあ、ここで撃《う》ってよ」

おれは、あきらめたように、何《なに》も持《も》っていない両手《りょうて》を上《あ》げた。

「せっかく三人《にん》そろったんだ。もう、バラバラになりたくない。おれは、ここがいい」

「ははっ。そんなこと、一人《ひとり》で決《き》めていいのかい？　ぼうず」

「……だいじょうぶ」

一人《ひとり》じゃない。

みんなで、決《き》めた。

「ははは！　そんなにお望《のぞ》みなら、三人仲良《にんなかよ》く始末《しまつ》してやる！」

男《おとこ》の指《ゆび》が、拳銃《けんじゅう》の引《ひ》き金《がね》にかかって――。

指《ゆび》が、曲《ま》がりはじめる。
三、二――一。
半秒《はんびょう》、手前《てまえ》。

「今《いま》！」

バッ！

男《おとこ》が引《ひ》き金《がね》を引《ひ》く直前《ちょくぜん》、おれは、かがみながら左《ひだり》の壁《かべ》に向《む》かって飛《と》ぶ。

同時《どうじ》に、まひるもしゃがんで右《みぎ》へ飛《と》ぶと、まっすぐ向《む》いていた銃口《じゅうこう》が、一瞬《いっしゅん》だけぶれた。

おれとまひる——どっちを狙《ねら》うか迷《まよ》って、男《おとこ》は、おれへ、視線《しせん》と銃口《じゅうこう》を向《む》ける。

まずは、生意気《なまいき》なおまえからだ！

——って、心《こころ》の声《こえ》が聞《き》こえそうな顔《かお》。

だけど。

ガチャ————ン！

けたたましい金属音《きんぞくおん》とともに、背後《はいご》でドアが弾《はじ》けとび、男《おとこ》に向《む》かって勢《いきお》いよく飛《と》んでいく。

そのドアの後《うし》ろに見《み》えたのは、星夜《せいや》の足《あし》だ。

「**あんたを倒《たお》すのは、オレだ**」

「なっ！」

ドンッ！

それは、一瞬《いっしゅん》。

星夜《せいや》の鋭《するど》いキックをドアごとくらった男《おとこ》は、通路《つうろ》の壁《かべ》に激突《げきとつ》して静《しず》かになる。

「……悪《わる》いけど、三人《にん》で相談《そうだん》させてもらった」

おれがスキルで、男《おとこ》の胸《むね》ポケットからカギを抜《ぬ》きとって、まひるに渡《わた》す。

受《う》けとったまひるがこわがるふりをして、後《うし》ろ手《で》でドアのカギを開《あ》ける。

そうすれば、星夜《せいや》がドアをけやぶる準備《じゅんび》はできる。あとは、息《いき》を合《あ》わせて——ってわけ。

（人《ひと》は、本当《ほんとう》の気持《きも》ちを、いくらでもかくせるものだからな）

星夜《せいや》の心《こころ》の声《こえ》が、おれとまひるの頭《あたま》に響《ひび》いた。

18 再《さい》会《かい》のきずな

ライトが点《つ》いたどうくつの中《なか》は、不気味《ぶきみ》な雰囲気《ふんいき》が消《き》えて、ただのほら穴《あな》みたいだ。

「……はあ」

星夜《せいや》は、倉庫《そうこ》から持《も》ってきたロープで倒《たお》した男《おとこ》をしばりおえると、ゆっくり立《た》ちあがった。

別《わか》れたときの服装《ふくそう》のままだ。手《て》をしばっていたロープをまひるに切《き》ってもらった今《いま》は、動作《どうさ》も自然《しぜん》で、ケガをしているようにも見《み》えない。

おれの視線《しせん》に気《き》づくと、星夜《せいや》が、小《ちい》さく笑《わら》った。

「……少《すこ》し、カッコつけすぎたか？」

「星夜《せいや》！」

よかった！

星夜《せいや》に、正面《しょうめん》からドンと飛《と》びつく。まひるも、うるんだ目《め》を、指《ゆび》の先《さき》でぬぐってる。

ほんとによかった。星夜《せいや》が、無事《ぶじ》で！

星夜《せいや》も、うれしそうにニコニコ笑《わら》って——。

「——で、二人《ふたり》とも、なんで来《き》たんだ？」

「「え？」」

ぎくっとしながら、星夜《せいや》の顔《かお》を見上《みあ》げると、眉間《みけん》にくっきりとシワが寄《よ》っている。

笑《わら》ってない。っていうか、むしろ機嫌悪《きげんわる》い⁉

「無事《ぶじ》にオレを助《たす》けだせる保証《ほしょう》は、なかっただろ。そもそも、ここを見《み》つけだせるかどうかも、施設《しせつ》を出発《しゅっぱつ》した時点《じてん》では確実《かくじつ》じゃなかったはずだ。それなのに——」

「あ～、それは。え～っと」

これ、もしかして、めっちゃ怒《おこ》られるやつ⁉

そのとき、星夜《せいや》の肩《かた》に、まひるがポンと手《て》を置《お》いた。

「もう、星夜《せいや》。いろいろ言《い》いたいのもわかるけど、まずは違《ちが》う言葉《ことば》がいいんじゃない？」

「うっ……それは」

星夜《せいや》は、ばつが悪《わる》そうに眉《まゆ》を寄《よ》せる。

言《い》いにくそう。でも、言《い》ってもらえたら……やっぱり、ちょっとうれしいかな。

「朝陽《あさひ》、まひる……助《たす》けに来《き》てくれて、ありがとう」

「「どういたしまして！」」

おれの上《うえ》から、まひるも、星夜《せいや》をぎゅっと抱《だ》きしめる。

神木三《かみきさん》きょうだい、やっと勢《せい》ぞろいだ。

「ま、もともと、わたしのヘマのせいだしね。星夜《せいや》、身代《みが》わりにさせちゃってごめん」

「それは、おれも！　本当《ほんとう》は、あそこですぐ動《うご》いたほうがよかったのに」

「いいよ。二人《ふたり》を守《まも》りたくてやったんだ。後悔《こうかい》はしてない」

「星夜《せいや》……」

「だ・け・ど」

感動《かんどう》しかけたおれたちに、星夜《せいや》がきれいな笑《え》みを向《む》ける。

言《い》いかえす言葉《ことば》も浮《う》かばないような、圧《あつ》のあるほほ笑《え》みだ。

「ここまでどうやって来《き》たのか、犯人《はんにん》たちとどう戦《たたか》ったのか、あとでくわしく聞《き》かないとな？」

「うっ」

やっぱり、怒《おこ》られなくても注意《ちゅうい》はされるやつじゃん！

まひるが、顔《かお》を引《ひ》きつらせた。

「だ、だいじょうぶ！　そんなに危《あぶ》ないことはしてないよ。本当《ほんとう》に、きっと、たぶん⁉」

「信《しん》じたくても、信《しん》じられない言《い》い方《かた》だな……だいたい、施設《しせつ》のスタッフにはどう説明《せつめい》してきたんだ？　とてもじゃないけど、二人《ふたり》にこんな自由時間《じゆうじかん》をくれるわけがないよな？」

「あっ、そうだった！　おれたち、レクリエーションの時間《じかん》を使《つか》って来《き》たんだ」

消灯《しょうとう》までに戻《もど》らないと、大《おお》さわぎになる！

まひるも、うなずいた。

「早《はや》く、ここを出《で》ないと！　……あ～、でも、もう間《ま》に合《あ》わないかも！　行《い》きはジップラインで時間《じかん》を節約《せつやく》できたけど、帰《かえ》りは歩《ある》いて川《かわ》を渡《わた》らなきゃ。だいたい、ここから施設《しせつ》まで下山《げざん》するだけでも、ものすごい時間《じかん》がかかりそうだし……」

ブルルン！

「何《なん》の音《おと》？」

おれは、通路《つうろ》の先《さき》を振《ふ》りかえる。

だいぶ遠《とお》くから聞《き》こえたけど——何《なに》かの、エンジンの音《おと》？

「どうくつの入《い》り口《ぐち》にあった、トラックの音《おと》みたい」

まひるが、目《め》を閉《と》じたまま返事《へんじ》する。スキルを使《つか》ってるんだ。

「あ！　犯人《はんにん》たちが三人《にん》、倉庫《そうこ》からトラックに宝石《ほうせき》を移動《いどう》させてる！　仲間《なかま》を見《み》すてて、三人《にん》だけで逃《に》げるつもりみたい。どうしよう!?」

「もしかして、大川《おおかわ》さんのネックレスも!?」

ケチな犯人《はんにん》たちだから、宝石《ほうせき》をありったけかきあつめて、トラックにのせてるはず。

このまま持《も》っていかれちゃったら、もう取《と》りもどせないかも!?

ええっと……どうする？

このままじゃ、犯人《はんにん》は逃《に》げるし、ネックレスも取《と》りもどせない。

なにより——おれたちは出《で》かけてたのがバレて、怒《おこ》られる!?

あー、せっかく星夜《せいや》を助《たす》けられたのに、問題《もんだい》ばっかり！

「——待《ま》ってくれ」

星夜《せいや》が、落《お》ちついた表情《ひょうじょう》で、一歩前《いっぽまえ》に出《で》た。

「まひる。トラックは今《いま》にも出発《しゅっぱつ》しそうか？　もう荷物《にもつ》を積《つ》みおえているとか」

「ううん、まだ。でも、いつ出《で》るかわからないよ。運転席《うんてんせき》に一人《ひとり》、もう乗《の》りこんでる。倉庫《そうこ》から
すぐに取《と》りだせそうな箱《はこ》も、もうほとんどないし——もうすぐ積《つ》みおわるところかも」

「なるほどな。それなら好都合《こうつごう》だ。むしろ、もう少《すこ》し急《いそ》いでほしいくらいかも」

「「ええっ!?」」

どういうこと?

驚《おどろ》くおれとまひるに、星夜《せいや》が少《すこ》しいたずらっぽくほほ笑《え》む。

学校《がっこう》のみんなは、星夜《せいや》のこんな顔《かお》、見《み》たことないだろうな。

「二人《ふたり》とも、昨日《きのう》やった川下《かわくだ》り——ラフティングの感覚《かんかく》は、まだ覚《おぼ》えてるよな?」

「え? それは、まあ。すっごく楽《たの》しかったし」

「わたしも、覚《おぼ》えてるよ。あの、ぐわんぐわん揺《ゆ》れるかんじ——って、星夜《せいや》、もしかして川下《かわくだ》りで施設《しせつ》へ早《はや》く帰《かえ》るつもりなの? ボートもないのに!?」

「ボートならある。時間《じかん》がないから、手短《てみじか》に話《はな》すな」

星夜《せいや》が、淡々《たんたん》と説明《せつめい》しだすと、おれとまひるの目《め》が丸《まる》くなる。

そんなドキドキのプランを、何《なん》でそんなに落《お》ちついて話《はな》せるの!?

「——これなら、すべての問題《もんだい》を解決《かいけつ》できるだろ。どうだ?」

「えっ。おれは、いいと思《おも》うけど……」

うなずきながら横《よこ》に目《め》を向《む》けると、まひるがぽかんと口《くち》を開《あ》けた。

「星夜《せいや》っ、本当《ほんとう》にダイタンすぎ! じつは、わたしたちの中《なか》で一番《いちばん》ダイタンなんじゃない!?」

「まひる、誤解《ごかい》を招《まね》くような言《い》い方《かた》をするな。とにかく行《い》こう。すぐ動《うご》かないと間《ま》に合《あ》わない」

「じゃあ、おれが先頭《せんとう》でいい？　まひるが真《ま》ん中《なか》で、どうくつをよく知《し》らない星夜《せいや》が後《うし》ろ――」

「あ。朝陽《あさひ》、待《ま》ってくれ」

ん？

振《ふ》りむく前《まえ》に、星夜《せいや》がおれの肩《かた》に右腕《みぎうで》を回《まわ》して、ギュッと引《ひ》きよせてくる。

気《き》がつくと、正面《しょうめん》に、同《おな》じように肩《かた》を組《く》まれたまひるが見《み》えた。

まひる、星夜《せいや》、おれ――きょうだい三人《にん》での肩組《かたく》みだ。

小《ちい》さいときから、そう。

だれかが壁《かべ》にぶち当《あ》たったとき、くじけそうなとき、三人《にん》で肩《かた》を組《く》む。

そうするだけで、力《ちから》がわいてくる。

一人《ひとり》じゃないって気《き》がするんだ。

そして、うれしいときも。

正面《しょうめん》にまひる、左《ひだり》に星夜《せいや》。二人《ふたり》の顔《かお》が、すぐ近《ちか》くに見《み》える。

緊張《きんちょう》と興奮《こうふん》と――なにがあっても、絶対《ぜったい》できるって顔《かお》だ。

「**最後《さいご》は、三人《にん》でがんばろう**」

星夜《せいや》の声《こえ》が、すぐ近《ちか》くで聞《き》こえる。

「もちろん」

「まかせて！」

——絶対《ぜったい》に、犯人《はんにん》たちを捕《つか》まえて、大川《おおかわ》さんのネックレスを取《と》りもどす！

どうくつの入《い》り口《ぐち》に向《む》かって、三人《にん》ならんで走《はし》りだす。

神《かみ》スキル、全力全開《ぜんりょくぜんかい》——いよいよ、ネックレス奪還《だっかん》の幕開《まくあ》けだ。

19 超《ちょう》速《そく》☆トラック山《やま》下《くだ》り!?

アジトの通路《つうろ》の入《い》り口《ぐち》から、おれはそっと顔《かお》を出《だ》す。

外《そと》につながる広《ひろ》いスペースでは、エンジンがついたトラックのライトが、明《あか》るく光《ひか》っている。

運転席《うんてんせき》には、メガネの男《おとこ》が一人《ひとり》。

荷台《にだい》では、体《からだ》の大《おお》きな男《おとこ》と、ひょろっとした男《おとこ》が、いそがしそうに荷物《にもつ》を積《つ》んでいた。

「おい、もう少《すこ》しそっちに寄《よ》せろ！　もう、全部《ぜんぶ》持《も》ってきたか!?」

「はい。これで全部《ぜんぶ》っす。そろそろ出発《しゅっぱつ》しますか!?」

おっと、それは困《こま》る。おれたちも乗《の》せてもらわないと。

犯人《はんにん》たちを警戒《けいかい》しながら、蓄電機《ちくでんき》のかげを利用《りよう》して、大回《おおまわ》りでトラックの横《よこ》につく。

おれがうなずくと、星夜《せいや》が手《て》を振《ふ》りかぶる。ねらいは、居住《きょじゅう》スペースの入《い》り口《ぐち》のほうだ。

振《ふ》りおろされた星夜《せいや》の手《て》から、星形《ほしがた》のイヤリングが宙《ちゅう》を飛《と》んで、地面《じめん》にぶつかった。

カツン！　カツンカツン

「おい、宝石《ほうせき》、落《お》としてるぞ！　これ……崖《がけ》から落《お》としてた、イヤリングだ！」

「ほんとですか!?　見《み》せてください！」

よしっ
男《おとこ》たちが気《き》を取《と》られたすきに、おれたち三人《にん》はトラックのかげから出《で》て、荷台《にだい》の中《なか》にすべりこむ。荷台《にだい》の中《なか》につまれた箱《はこ》や袋《ふくろ》のかげにかくれて、一番奥《いちばんおく》に座《すわ》れば、準備完了《じゅんびかんりょう》だ。

あっ、男《おとこ》たちが戻《もど》ってきた！

犯人二人《はんにんふたり》が荷台《にだい》に乗《の》りこんで、ドアを閉《し》める。いよいよ出発《しゅっぱつ》だ。

ブウウン！

車《くるま》が、猛《もう》スピードで発進《はっしん》すると、トラックの荷台《にだい》の壁《かべ》に、バサッと何《なに》かが当《あ》たる音《おと》がする。

緑《みどり》のカーテンを抜《ぬ》けて、どうくつの外《そと》に出《で》たんだ。

おれたちが目《め》を合《あ》わせたとき、段《だん》ボールの向《む》こうで、男《おとこ》たちが懐中電灯《かいちゅうでんとう》を点《つ》けた。

「さっきのアレ、なんだったんすかね。電気《でんき》が消《き》えたり、寝袋《ねぶくろ》がからみついてきたり……」

「さあな。幽霊《ゆうれい》か、バケモンか。どっちにしろ、あのリーダーがやられたんだ。さっさと逃《に》げるに限《かぎ》るだろ」

「そうっすね。ああ、まさかこのトラックまで、ついてきてないっすよね!?　もしも追《お》いかけてこられたら、おれたちも！」

「ここで、おしまいだよ」

「なっ!?」

ガタン！

「「うおっ！」」

足元《あしもと》が上《うえ》に大《おお》きく跳《は》ねて、犯人《はんにん》の二人《ふたり》がふらつく。トラックが山《やま》を下《くだ》りはじめたんだ。

驚《おどろ》いてる驚《おどろ》いてる。今《いま》、出《で》ていけば、もっと驚《おどろ》きそう。

おれが、段《だん》ボールのかげから、ゆっくりと姿《すがた》をあらわすと、予想通《よそうどお》り、懐中電灯《かいちゅうでんとう》の明《あ》かりで見《み》える犯人《はんにん》たちの顔《かお》が青《あお》ざめる。

「だ、だれだ！」「なんでこんなところに！」

「もちろん、お兄《にい》さんたちを、追《お》ってきたから」

——ここで、決着《けっちゃく》をつける。

大川《おおかわ》さんのネックレスを奪《うば》って、星夜《せいや》を閉《と》じこめて——。

身勝手《みがって》な犯人《はんにん》たちを、絶対《ぜったい》に許《ゆる》さない！

犯人《はんにん》を倒《たお》しながらのトラック山下《やまくだ》り、スタートだ！

「このっ！」

手前《てまえ》にいた男《おとこ》が、立《た》ちあがって、おれにこぶしを振《ふ》りあげる。

あーあ、やめたほうがいいのに。なんでかっていうと。

ガタン！

「うわああっ！」

足元《あしもと》が、またさらに大《おお》きく揺《ゆ》れて、男《おとこ》は頭《あたま》から勢《いきお》いよく床《ゆか》に転《ころ》ぶ。

ほらね。

「いてっ！　このトラック、揺《ゆ》れすぎだろ！」

「ちくしょう。逃《に》げるな、この野郎《やろう》。うわっ！」

ガタタン！

いい気味《きみ》！

転《ころ》ぶ二人《ふたり》を横目《よこめ》に、おれは、ひざを使《つか》って軽《かる》くジャンプすると、やわらかく床《ゆか》に着地《ちゃくち》する。

やっぱり、揺《ゆ》れる車体《しゃたい》がラフティングに似《に》てる。

これくらいなら、楽《らく》に対応《たいおう》できる！　正直《しょうじき》、おれが倒《たお》すまでもないかも——。

(朝陽《あさひ》、足《あし》)

おっと！

星夜《せいや》の心《こころ》の声《こえ》が聞《き》こえて、おれは、両足《りょうあし》ですばやくジャンプする。

おれの足《あし》をキックでねらっていた男《おとこ》は、ねらいを見失《みうしな》ってふらついたあと、トラックが曲《ま》がるのに巻《ま》き込《こ》まれて、壁《かべ》にドンとぶつかる。

「うぐっ！」

（次《つぎ》は、懐中電灯《かいちゅうでんとう》。正面《しょうめん》）

おれは、間一髪《かんいっぱつ》、犯人《はんにん》が投《な》げた懐中電灯《かいちゅうでんとう》を避《よ》けると、スキルで懐中電灯《かいちゅうでんとう》を捕《つか》まえて、すばやく犯人《はんにん》の目《め》の前《まえ》にかざす。

まぶしさに目《め》を閉《と》じた犯人《はんにん》は、右《みぎ》に曲《ま》がるトラックに巻《ま》きこまれて転《ころ》がった。

「いてえっ！」

うわっ、ちょっと油断《ゆだん》してた。でも、やっぱり心《こころ》が読《よ》めると強《つよ》すぎ！

星夜《せいや》って、いつもこんな感《かん》じで戦《たたか》ってるんだ。ちょっと楽《たの》しそうかも。

（まあ、いいことばかりじゃないけどな）

サポートしてくれた星夜《せいや》の心《こころ》の声《こえ》が、頭《あたま》に響《ひび》いた。

（朝陽《あさひ》、そのまま二人《ふたり》を引《ひ》きつけながら倒《たお》してくれ。まひるが気《き》づかれないようにな）

（了解《りょうかい》。ま、この二人《ふたり》なら、油断《ゆだん》さえしなければ、星夜《せいや》が心《こころ》を読《よ》んでくれなくても、倒《たお》せそうだけど。まひるのほうは、どう？　大川《おおかわ》さんのネックレス見《み》つかった？）

（まだ。でも、もう半分《はんぶん》は視《み》たよ）

まひるの心《こころ》の声《こえ》がする。

横目《よこめ》でちらりと見《み》ると、積《つ》みあがった段《だん》ボールの山《やま》のかげで、まひるが目《め》を閉《と》じていた、ガタガタ揺《ゆ》れるトラックも、なんとか乗《の》りこなしてる。

もしかして、ラフティングの成果《せいか》？　まひるも、がんばってたもんな。

（あ〜、スキルで視《み》てても目《め》がチカチカする！　ダイヤモンド、ルビー、サファイア、エメラルド、真珠《しんじゅ》に銀《ぎん》に金《きん》……トパーズに、これは、シャンパン・ガーネット？　ブラック・ダイヤモンドもある！　ここにある宝石《ほうせき》で、しりとりできちゃいそう。あー、朝陽《あさひ》にも見《み》せてあげたい！）

（それはいいから！　とにかく早《はや》くがんばって。下《した》につくまでに見《み》つけないと）

（まかせて。あ、この箱《はこ》、あやしい！　いろんな種類《しゅるい》のアクセサリーが入《はい》ってて――あった！）

!?

（朝陽《あさひ》、後《うし》ろ！）

「よっと！」

おれは、片足《かたあし》を軸《じく》にして、くるりと横《よこ》に一回転《かいてん》する。

おれを捕《つか》まえようと両手《りょうて》を広《ひろ》げた男《おとこ》は、バランスを崩《くず》してそのまま段《だん》ボールにつっこんだ。

ドスン！　ドサドサッ！

あっ、段《だん》ボールの山《やま》が崩《くず》れる！

「げっ！」

男《おとこ》がぶつかって壊《こわ》した段《だん》ボールのかげにいたまひるが、顔《かお》をしかめた。

「あ～、見《み》つかった！　わたし、今《いま》、手《て》がふさがってて、それどころじゃないのに～！」

「くそっ、他《ほか》にもいたのか！　この、宝石《ほうせき》に触《さわ》るな！」

段《だん》ボールを探《さぐ》っていたまひるの腕《うで》に、男《おとこ》が手《て》を伸《の》ばす。

けれど、その手《て》がまひるに届《とど》く前《まえ》に、星夜《せいや》が横《よこ》から払《はら》いおとした。

「汚《きたな》い手《て》で触《さわ》るな」

ブンッ
星夜《せいや》の長《なが》い足《あし》が、横《よこ》からクリーンヒットすると、男《おとこ》は床《ゆか》に倒《たお》れこんだ。

「ぐうっ」

うわっ。星夜《せいや》、ようしゃない！

「あんたには、宝石《ほうせき》にも妹《いもうと》にも触《ふ》れる権利《けんり》はない。だいたい、『触《さわ》るな』なんて言《い》えた立場《たちば》じゃないだろ。ここにある宝石《ほうせき》は、元々《もともと》、あんたのものじゃない」

「う、うるせえ！」

「言《い》いたいことは、それだけか？　ケガしたくなかったら、大人《おとな》しく床《ゆか》にはいつくばるんだな」

「なにいっ!?」

ガタ　ガタガタ
ガタガタガタガタ！

ねらったかのように、トラックの振動《しんどう》が、さらに激《はげ》しくなる。**そろそろ、クライマックス！**

おれは、中腰《ちゅうごし》のまま、ジャンプと着地《ちゃくち》をくりかえして、うまく動《うご》きに合《あ》わせて動《うご》く。

まひるを、星夜《せいや》がトラックのすみに手《て》をついて支《ささ》える。

けれど、何《なん》の準備《じゅんび》もしていなかった男二人《おとこふたり》は、小刻《こきざ》みな振動《しんどう》を、全身《ぜんしん》で思《おも》いきりくらった。

「いて、いてて！」「あだだだだ！」

「「車《くるま》を、車《くるま》を止《と》めてくれ！」」

キキ――――ッ！

車《くるま》が、前《まえ》につんのめりながら、急《きゅう》ブレーキをかける。

あまりの勢《いきお》いに床《ゆか》をすべってきた男《おとこ》たちを、おれたち三人《にん》は器用《きよう》にジャンプして飛《と》びこえた。

ゴンッ

男《おとこ》たちが前《まえ》の壁《かべ》に顔《かお》を打《う》ったのと同時《どうじ》に、トラックの前《まえ》のドアが開《ひら》く音《おと》がする。

運転手《うんてんしゅ》が降《お》りた。もう、最後《さいご》の仕上《しあ》げだ。

(まひる、星夜《せいや》。行《い》くよ!)

……ガチャ　キイィ――

荷台《にだい》のドアがゆっくりと開《ひら》いたかと思《おも》うと、最後《さいご》の犯人《はんにん》が少《すこ》しだけ顔《かお》をのぞかせた。

「急《きゅう》に車《くるま》を止《と》めろなんて、どうした! うわあ。何《なん》だこれは!」

今《いま》!

ドンッ

荷台《にだい》の高《たか》さをうまく使《つか》って、おれは、思《おも》いっきりひざげりをくらわせる。犯人《はんにん》が気《き》を失《うしな》ったところでトラックの中《なか》に引《ひ》きあげると、まひると星夜《せいや》といっしょに、入《い》れ替《か》わるように外《そと》に出《で》た。

荷台《にだい》のドアを閉《し》めると、近《ちか》くに落《お》ちていた太《ふと》めの枝《えだ》を、荷台《にだい》のドアの取《と》っ手《て》にさしこむ。

これで、ロック完了《かんりょう》!

トラックが止《と》まっていたのは、橋《はし》の真上《まうえ》だ。

もうすっかり山《やま》を下《くだ》ってきている。遠《とお》くには、大《おお》きな窓《まど》がある建物《たてもの》が見《み》える。

おれたちの、宿泊施設《しゅくはくしせつ》だ。

「これなら、間《ま》に合《あ》いそう？」

「うん、バッチリ！　そして、この子《こ》もね」

まひるが、手《て》に持《も》っていた金色《きんいろ》のネックレスを高《たか》くかかげる。

――大川《おおかわ》さんのネックレス。

今《いま》は、夜《よる》に輝《かがや》く星《ほし》よりもきらめいてみえる。

ウウウー
遠《とお》くからパトカーのサイレンがしはじめると、おれたちは施設《しせつ》に向《む》かって走《はし》りだす。

ささやかな、贈《おく》りものの準備《じゅんび》をしてから。

＊　＊　＊

レクリエーションが終《お》わると、わたし、桜子《さくらこ》は、すぐ三人《にん》の部屋《へや》に戻《もど》った。

けれど、まひるちゃんの姿《すがた》は、どこにもない。

「まひるちゃん、朝陽《あさひ》くんの部屋《へや》にいるのかな」

あんなことがあったんだもの。当然《とうぜん》だよね。朝陽《あさひ》くんも、心細《こころぼそ》いだろうし……。

部屋《へや》に入《はい》ると、外《そと》がよく見《み》える窓辺《まどべ》に向《む》かう。窓《まど》を開《あ》けると、ひんやりした風《かぜ》が、わたしの髪《かみ》の毛《け》を揺《ゆ》らした。

盗《ぬす》まれたネックレス。いなくなった星夜先輩《せいやせんぱい》——とんでもないこと、ばっかり起《お》きるな。

「星夜先輩《せいやせんぱい》、だいじょうぶかな。こんなに寒《さむ》いなか、一人《ひとり》でいるのかな」

自然《しぜん》と、胸《むね》の前《まえ》でぎゅっと手《て》を組《く》む。なんとなく、そうせずにはいられない。

「……どうか、星夜先輩《せいやせんぱい》が無事《ぶじ》に帰《かえ》ってきますように。そして、まひるちゃんと……朝陽《あさひ》くんが、いつもの元気《げんき》な笑顔《えがお》になれますように」

明《あか》るく前向《まえむ》きで、元気《げんき》をくれる、大好《だいす》きなまひるちゃん。

キャンプ中《ちゅう》、常《つね》にさりげなく気《き》を配《くば》ってくれた星夜先輩《せいやせんぱい》。

そして……いつも、いつもやさしい朝陽《あさひ》くん。

三人《にん》には、笑顔《えがお》でいてほしい。

どっちが大切《たいせつ》か、なんて、考《かんが》えるわけじゃないけれど——。

「わたしのネックレスは、どうなってもいいから……どうか、三人《にん》の笑顔《えがお》だけは戻《もど》ってきて！」

「そんなこと、願《ねが》う必要《ひつよう》ないよ」

「え？」

今《いま》、声《こえ》がした？

「ねえ、すごいこと聞《き》いたの！」「なになに!?」

廊下《ろうか》から、だれかが話《はな》しこんでる声《こえ》がする。興奮《こうふん》で、二人《ふたり》とも声《こえ》が大《おお》きい。

「今《いま》、玄関《げんかん》の近《ちか》くでスタッフさんから聞《き》いたんだけど、例《れい》の強盗団《ごうとうだん》が、すぐそこで捕《つか》まったって！　山《やま》から下《お》りてきたところを、逮捕《たいほ》したみたい」

「えっ、強盗《ごうとう》が！」

もしかして、わたしのネックレスも!?

無我夢中《むがむちゅう》で、部屋《へや》から飛《と》びだす。玄関《げんかん》でくつをはきかえて、あわてて外《そと》に出《で》ると、橋《はし》の近《ちか》くに停《と》まっているパトカーのライトが見《み》えた。

男《おとこ》の人《ひと》たちが、警察《けいさつ》に連《つ》れて行《い》かれてる……本当《ほんとう》に捕《つか》まったんだ！

集《あつ》まった人《ひと》たちの間《あいだ》から、封鎖用《ふうさよう》のテープの向《む》こうをキョロキョロとのぞく。

少《すこ》しだけ、トラックの後《うし》ろのドアが開《ひら》いている。

あそこに、あるのかな……でも、ここからじゃ、中《なか》はぜんぜん見《み》えない。

「……そうだよね。そんなにすぐに、わたしのネックレスが見《み》つかるわけないよね」

他《ほか》の宝石《ほうせき》に比《くら》べても目立《めだ》たない、地味《じみ》なネックレスだから――。

ふわっ
あれっ。お花《はな》の香《かお》り？

ふと振《ふ》りかえると、橋《はし》の手《て》すりの上《うえ》で、きれいな白《しろ》い花《はな》がひらひらと揺《ゆ》れている。

その花《はな》のそばで、何《なに》かがチカッと光《ひか》った。

……あれ！

「わたしの、ネックレス⁉」

あわてて拾《ひろ》いあげて、顔《かお》をぐっと近《ちか》づけて何度《なんど》も確《たし》かめる。

少《すこ》しくすんだ表面《ひょうめん》。小《ちい》さなくさりでできたチェーン。

何度《なんど》も大切《たいせつ》に磨《みが》いてきたから、見間違《みまちが》えるはずない。わたしのだ！

「よかった。戻《もど》ってきたんだ……」

わたしの大切《たいせつ》なネックレス！

ぎゅっと胸《むね》の前《まえ》でにぎりしめたとき、遠《とお》くから走《はし》ってくる速水《はやみ》さんと夕花梨《ゆかり》ちゃんが見《み》えた。

「大川《おおかわ》さん。ここにいたら危《あぶ》ないよ！　それより、星夜《せいや》くんが戻《もど》ってきたんだ。途中《とちゅう》でなんとか道《みち》に戻《もど》って、自力《じりき》で下山《げざん》できたって」

「疲《つか》れてるけど、元気《げんき》でケガもないみたいです。今《いま》、朝陽《あさひ》くんとまひるさんが付《つ》きそってて」

「本当《ほんとう》⁉」

……よかった。本当《ほんとう》によかった！

喜《よろこ》びあうわたしと夕花梨《ゆかり》ちゃんに、速水《はやみ》さんが言《い》った。

「三人《にん》とも部屋《へや》にいるよ。なぜか、おなかがぺこぺこだって。二人《ふたり》も行《い》ってあげて」

「わかりました。夕花梨《ゆかり》ちゃん、行《い》こう」

「はい！」

わたしは、ネックレスとお花《はな》をぎゅっとにぎりながら、キラキラと星《ほし》が輝《かがや》く夜空《よぞら》を見上《みあ》げる。

よかった。ネックレスも――三人《にん》の笑顔《えがお》も、戻《もど》ってきて。

わたしにとって、本当《ほんとう》にかけがえのないものだから。

……だれのおかげかはわからないけど、言《い》わなくちゃ。

わたしの、心《こころ》からの気持《きも》ちを。

「……ありがとう！」

20 おつかれのフレーバーソーダ☆

つぎの日《ひ》は、昨日《きのう》、雨《あめ》なんて降《ふ》らなかったみたいに、よく晴《は》れた。

プシュ――――ッ

「「「「みんな、おつかれさま〜！」」」」

カンッ！

おれ、まひる、星夜《せいや》、大川《おおかわ》さん、久遠《くおん》さん。

おれたち五人《にん》は、手《て》に持《も》ったサイダーの缶《かん》を乾杯《かんぱい》の代《か》わりに勢《いきお》いよくぶつけた。

スクール・キャンプ、三日目《みっかめ》。

今日《きょう》は、朝《あさ》から散歩《さんぽ》をして、家《いえ》に送《おく》る絵《え》はがきを書《か》いたら、もう終《お》わり。

バスに乗《の》って帰《かえ》る前《まえ》の最後《さいご》の時間《じかん》は、外《そと》のテーブルに集《あつ》まってのおつかれさま会《かい》だ。

「あっ、こぼれる！」

あわてて、缶《かん》の飲《の》み口《くち》に吸《す》いつくと、キンキンに冷《ひ》えたサイダーが、一気《いっき》に口《くち》に流《なが》れこむ。

パチパチして目《め》がさめる。やっぱり炭酸《たんさん》は最高《さいこう》！

アスレチック制覇《せいは》のごほうびサイダーを、もう一口《ひとくち》飲《の》むと、大川《おおかわ》さんがにっこり笑《わら》った。

「朝陽《あさひ》くんは、おいしそうに飲《の》むね。見《み》てると、わたしもうれしくなっちゃうな」

大川《おおかわ》さんの笑顔《えがお》も、明《あか》るくなってる。ネックレスが返《かえ》ってきて、元気《げんき》になったのかな。

久遠《くおん》さんが、サイダーから口《くち》をはなして言《い》った。

「それにしても、星夜《せいや》さんが無事《ぶじ》に戻《もど》ってこられて、本当《ほんとう》によかったです。わたしたち、みんな心配《しんぱい》していたから」

「心配《しんぱい》かけてごめん。オレも、まさか迷《まよ》うとは思《おも》わなくて、驚《おどろ》いたよ」

星夜《せいや》が、すずしげな顔《かお》で言《い》った。

「まひるをさがしている途中《とちゅう》で、朝陽《あさひ》とはぐれてしまって。急《いそ》いで道《みち》に戻《もど》ろうとしたとき、強《つよ》い雨《あめ》が降《ふ》りだしたんだ。足元《あしもと》が川《かわ》になりそうなくらいで、雨宿《あまやど》りを優先《ゆうせん》するしかなくてね」

……さすが星夜《せいや》。ぜんぶウソなのに、顔色《かおいろ》一つ変《か》わってない。

（ま、これくらいじゃないと、星夜《せいや》のスキルはかくしとおせないよね）

まひるの心《こころ》の声《こえ》が頭《あたま》に響《ひび》く。

（スマホも、偶然《ぐうぜん》バッテリーが切《き》れたって説明《せつめい》してたし。さすが、言《い》い訳《わけ》のプロだよね）

（おれも思《おも》った。星夜《せいや》、すごすぎ。速水《はやみ》さんたちに説明《せつめい》するときも、偶然《ぐうぜん》そうなったってかんじで、申《もう》し訳《わけ》なさそうにしてたし）

（名演技《めいえんぎ》だったよね。わたしもだまされかけて……って、なんで朝陽《あさひ》の心《こころ》の声《こえ》が聞《き》こえるの？）

（二人《ふたり》の悪口《わるくち》は、しっかり聞《き》こえてるからな？）

うわっ、星夜《せいや》の心《こころ》の声《こえ》！

いつの間《ま》に？　これじゃあ、おれたち、ぜんぜん油断《ゆだん》できないんだけど！

あわてるおれとまひるには気《き》づかずに、久遠《くおん》さんが続《つづ》けて言《い》った。

「そういえば、ネックレスを盗《ぬす》んだ強盗団《ごうとうだん》も捕《つか》まってよかったですよね。こんなに身近《みぢか》にいたとは、驚《おどろ》きでしたけど。ね、朝陽《あさひ》くん」

「う、うん。絵《え》はがきを書《か》いている間《あいだ》、他《ほか》のグループも、その話《はなし》でもちきりだったね」

そうそう。けっきょく、警察《けいさつ》とマスコミが殺到《さっとう》して、大《おお》さわぎになった。

おれたちは、速水《はやみ》さんがガードしてくれたから、巻《ま》きこまれずにすんだけど。

「大川《おおかわ》さん、ネックレスも返《かえ》ってきてよかったね」

「うん。壊《こわ》れていないか心配《しんぱい》していたんだけど、キズ一つついていなくてね」

大川《おおかわ》さんが、明《あか》るく笑《わら》った。

「でも、不思議《ふしぎ》なの。盗《ぬす》まれていた宝石《ほうせき》は、山《やま》の中《なか》のアジトと、犯人《はんにん》のトラックの中《なか》から見《み》つかっているのに、わたしのネックレスだけ、きれいなお花《はな》といっしょに橋《はし》に置《お》いてあって……」

うっ、やっぱり疑問《ぎもん》に思《おも》ってる！

早《はや》く安心《あんしん》させたくてああしたけど、やっぱりわざとらしかった⁉

「ええっと、偶然《ぐうぜん》トラックから飛《と》びだしたのかも。あとは、鳥《とり》が運《はこ》んだとか⁉　ね、まひる！」

「そ、そうだね！　ええっと、他《ほか》にも風《かぜ》で飛《と》んできたとか、犯人《はんにん》がお花好《はなず》きで、常《つね》にお花《はな》を持《も》ち歩《ある》いてたとか、考《かんが》えられる可能性《かのうせい》は無限《むげん》にありそうだし⁉」

いや、さすがにそれはちょっと無理《むり》がない⁉

「桜子《さくらこ》、とにかく無事《ぶじ》に返《かえ》ってきてよかったね。あ、あー、このサイダーおいしいなあ。清《きよ》らかな水《みず》ってかんじで！　ただ、もう少《すこ》し味《あじ》があってもいいけど――」

「やっぱり、シンプルすぎるかな？　そのサイダー、じつはこの山《やま》のわき水《みず》で作《つく》ってるんだ」

「速水《はやみ》さん！」

テーブルにやってきた速水《はやみ》さんは、おれを見《み》てニコッと笑《わら》った。

「みんな、最後《さいご》の休憩《きゅうけい》はどう？　スクール・キャンプはしっかり楽《たの》しめたかな？」

「はい。楽《たの》しかったです！　一日目《にちめ》から、最終日《さいしゅうび》の今日《きょう》まで。このサイダーもおいしいし」

「ははは、ありがとう。でも、じつはまだ、商品化《しょうひんか》に向《む》けて改良中《かいりょうちゅう》なんだ。それで、今回《こんかい》は――みんなのサイダーを、もっとおいしくしに来《き》たんだ。しかも、星夜《せいや》くんの提案《ていあん》でね」

「え？」

星夜《せいや》の？

みんなから見《み》つめられた星夜《せいや》が、コホンとせきばらいする。

いつもより、ほんの少《すこ》しそわそわしてる。落《お》ちつかなそうな、照《て》れくさそうな――。

「ええっと……今日《きょう》の朝《あさ》、早起《はやお》きしたついでに速水《はやみ》さんと話《はな》していて、思《おも》いついたんだ。最後《さいご》のごほうびで出《で》るサイダーを、オレのアイディアでよりよくできるんじゃないかって。速水《はやみ》さん」

「うん、持《も》ってきたよ。みんな――どうぞ！」

速水《はやみ》さんが、小《ちい》さなガラスびんを五つ取《と》りだす。

消《け》しゴムより少《すこ》し大《おお》きいくらいの、小《ちい》さなサイズだ。中《なか》に入《はい》っているのは――。

水色《みずいろ》、赤《あか》、ピンク、黄《き》、白《しろ》――色《いろ》とりどりの、とろっとした液体《えきたい》だ。

これ――。

顔《かお》をあげたおれに、星夜《せいや》がうなずく。ちょっと自慢《じまん》げな顔《かお》。

「アメを煮《に》つめて作《つく》った、特製《とくせい》シロップ――調理室《ちょうりしつ》を借《か》りて作《つく》ったんだ」

「**特製《とくせい》シロップ!?**」

これ、アメなの!?

おれは、ガラスびんにぐっと顔《かお》を近《ちか》づける。まひるは、すぐにびんのフタを取《と》って、ピンク色《いろ》の液体《えきたい》が入《はい》った香《かお》りをかいだ。

「……ホント！　これ、桃《もも》の香《かお》りがする。星夜《せいや》、どうやって作《つく》ったの？」

「アメでシロップを作《つく》るのは意外《いがい》と簡単《かんたん》なんだ。アメと水《みず》をなべに入《い》れて、半分《はんぶん》の量《りょう》になるまで煮《に》つめる。それだけで、飲《の》み物《もの》にもよく溶《と》けるシロップができる」

大川《おおかわ》さんと久遠《くおん》さんも、感心《かんしん》しながらびんを見《み》つめる。

「へえ、初《はじ》めて知《し》りました」「すごくきれい。しかも、おいしそう！　ね、朝陽《あさひ》くん」

「うん。でも星夜《せいや》、なんで急《きゅう》にそんなこと？　わざわざ早起《はやお》きして速水《はやみ》さんに相談《そうだん》するなんて」

「ああ、それは……」

星夜《せいや》は、少《すこ》しばつが悪《わる》そうに口《くち》ごもったものの、なんとか口《くち》を開《あ》ける。

テーブルの上《うえ》で組《く》んだ手《て》に、きゅっと力《ちから》がこもった。

「今回《こんかい》は、みんなに心配《しんぱい》をかけただろ？　特《とく》に朝陽《あさひ》とまひるには……大変《たいへん》な思《おも》いをさせたから」

「星夜《せいや》……」

「それで、何《なに》かお礼《れい》をしたいと思《おも》ったんだ。そうしたら、ちょうど速水《はやみ》さんのサイダーの悩《なや》みと、オレの持《も》ち物《もの》の相性《あいしょう》がよくて。もしよかったら……試《ため》してみてくれるか？」

「もちろん！」

わくわくしながら、びんを見《み》つめる。

全部《ぜんぶ》で五種類《しゅるい》か。どれにしよう——よし、一番近《いちばんちか》くの水色《みずいろ》！

まひるはピンク、大川《おおかわ》さんが黄色《きいろ》。久遠《くおん》さんが赤《あか》。最後《さいご》に、白《しろ》を星夜《せいや》が手《て》に取《と》る。

ポンと音《おと》を立《た》ててフタを開《あ》けて、缶《かん》の口《くち》にかたむけると、キラキラと輝《かがや》くシロップが、サイダーに溶《と》けていく。ドキドキしながら口《くち》を近《ちか》づける。もう、ふわっとあまい香《かお》りがする。

……ごくっ
「あまい！　この味《あじ》、なんだっけ。お祭《まつ》りとかでよく飲《の》む、あの……」

ラムネ味《あじ》だ！　しかも、ラムネのあまみが入《はい》って、もっと飲《の》みやすく、おいしくなってる！

ごくっ　ごくごくっ
口《くち》いっぱいに広《ひろ》がるあまさと炭酸《たんさん》のパチパチを楽《たの》しみながら、一口《ひとくち》、一口《ひとくち》、飲《の》んでいく。

さわやかなのどごしが、体全体《からだぜんたい》に伝《つた》わって——。

「「神《かみ》うま！」」

おれとまひるが、声《こえ》をそろえて言《い》うと、自分《じぶん》のサイダーを飲《の》んだ星夜《せいや》も、やさしく笑《わら》った。

「たしかに、おいしいな。予想以上《よそういじょう》だ」

「は～、ホントにおいしい！　もともと、すごくさわやかなソーダだったけど、そこに桃《もも》シロップのあまみがプラスされて、もっとおいしくなってる！　桜子《さくらこ》のは、何味《なにあじ》？」

「わたしのは、レモンかな。さわやかなあまさで、おいしいよ。夕花梨《ゆかり》ちゃんは？」

「わたしは、いちごみたいです。水《みず》のあまみもきわだって、すっごくおいしいです」

みんな、すっごく楽《たの》しそう。

スクール・キャンプ、最後《さいご》も、みんな笑顔《えがお》だ！

おれは、涼《すず》しい顔《かお》でサイダーを飲《の》む星夜《せいや》に、言《い》った。

「サイダー、すごくおいしかった！　星夜《せいや》、ありがと」

「……それを言《い》うのは、こっちだ」

星夜《せいや》が、自分《じぶん》の缶《かん》を、おれとまひるの缶《かん》にコツンと当《あ》てた。

（朝陽《あさひ》、まひる……助《たす》けに来《き》てくれて、ありがとう）

星夜《せいや》の心《こころ》の声《こえ》が、じんわり胸《むね》に響《ひび》く。

声音《こわね》からも、あたたかい気持《きも》ちが伝《つた》わってくる。こそばゆいくらい。

……このスキルの使《つか》い方《かた》は、ずるくない？

おれとまひるは、自分《じぶん》の缶《かん》を、星夜《せいや》の缶《かん》にぶつけて返事《へんじ》する。

よかった。

星夜《せいや》を助《たす》けられて。おれたちは、お互《たが》いのことをちゃんと守《まも》れたんだ！

「そろそろ、バスに移動《いどう》します！　忘《わす》れ物《もの》は、ありませんか⁉」

あ、行《い》かなきゃ。

おれたちは、速水《はやみ》さんたちにあいさつして、バスに荷物《にもつ》をつみこむ。

一番後《いちばんうし》ろの席《せき》に、三人並《にんなら》んで座《すわ》ると、おれは、となりの星夜《せいや》にきいた。

「ちなみに、星夜《せいや》のシロップは白《しろ》かったよね。何味《なにあじ》なの？」

「ああ、オレは――ハッカだな。ミントがさわやかでおいしいぞ」

「ハッカ⁉」

星夜《せいや》のチョイス、しぶすぎない⁉　サイダーといっしょになると、すごくスーッとしそう！

ピコン！

ん？　ポケットで、スマホが鳴《な》ってる。なんだろ？

「って、ハル兄《にい》から、メッセージが来《き》てる⁉」

そっか。昨日《きのう》、星夜《せいや》が行方不明《ゆくえふめい》になったことは、ハル兄《にい》にも連絡《れんらく》が行《い》ってたから、わざわざ帰《かえ》る前《まえ》に連絡《れんらく》をくれたんだ。

うっ。ハル兄《にい》は昨日《きのう》のおれたちの行動《こうどう》を知《し》らないけど、星夜《せいや》の件《けん》だけでも心配《しんぱい》かけちゃったし、もしかしたらめちゃくちゃ怒《おこ》ってるかも!?

ドキドキしながら、画面《がめん》をタップすると、すぐにおれたち四人《にん》のグループが開《ひら》いた。

まひるが前《まえ》に作《つく》った、『かみきファミリー☆』だ。

春斗《はると》：
施設《しせつ》の人《ひと》から、昨日《きのう》の夜《よる》に、星夜《せいや》が見《み》つかったと連絡《れんらく》をもらいました。
星夜《せいや》が無事《ぶじ》で、本当《ほんとう》によかった！
三人《にん》が、元気《げんき》に帰《かえ》ってきてくれるだけで、うれしいです。

はあ。ハル兄《にい》のメッセージを見《み》ると、やっぱり落《お》ちつく。

なんだか、もう家《いえ》に帰《かえ》りついたみたいな……。

ピコン！

だけど、びっくりしたよ。話題《わだい》だった大規模《だいきぼ》強盗《ごうとう》が捕《つか》まったんだって！

しかも、みんなが行《い》ってる山《やま》でだよ。すごい偶然《ぐうぜん》だね。


「うっ！」

ハル兄《にい》。おれたちがやったこと、本当《ほんとう》に気《き》づいてないよね？

「じゃあ、出発《しゅっぱつ》しまーす。忘《わす》れ物《もの》はないですかー？」

はーい！

みんなの返事《へんじ》と同時《どうじ》に、バスがすべるように動《うご》きだす。

窓《まど》から外《そと》をのぞくと、すっかり見《み》なれた施設《しせつ》が、だんだん遠《とお》ざかろうとしていた。

「なんだか、すごいスクール・キャンプだったなあ」

こんなはちゃめちゃなスクール・キャンプは、もう二度《にど》とないかも。

となりで、まひるもうなずいた。

「ホントにそうだよねえ。いろんな経験《けいけん》をたくさんしちゃって、みんなで盛《も》りあがって！」

「いろいろあったけど、楽《たの》しかったな。また、山《やま》に来《き》たくなるような……」

……あれ。星夜《せいや》、いつもよりしゃべりがゆっくりしてる。

横《よこ》のまひるも、もう目《め》を閉《と》じてない？

なんだか……おれも、眠《ねむ》くなってきたような。

「あれ。みんな、もう寝《ね》ちゃったのかな？」

つむったまぶたの向《む》こうから、久遠《くおん》さんのやわらかい声《こえ》が聞《き》こえた。

大川《おおかわ》さんが、ふふっと笑《わら》う。

「みんな、大活《だいかつ》やくだったもんね。ゆっくり寝《ね》かせてあげようか」

「そうですね。朝陽《あさひ》くん、まひるさん、星夜《せいや》さん。ゆっくり休《やす》んでくださいね」

……そうしよ。

「ふああ〜……」

となりに座《すわ》る二人《ふたり》が、あったかい。

おれは、大《おお》あくびをすると、ぐっすりと眠《ねむ》りにつく。

けっきょく、おれたちは学校《がっこう》につくまで、気持《きも》ちいい昼寝《ひるね》を楽《たの》しんだのだった。


一件落着《いっけんらくちゃく》!!!

ピコン！

春斗《はると》：

あっ。そうそう。

そういえば、三人《にん》に話《はな》したいことがあったんだ。

きっと、みんな驚《おどろ》くよ。じつはね——

六巻《かん》に続《つづ》く!!!

あとがき

こんにちは、大空《おおぞら》なつきです。この本《ほん》を手《て》に取《と》ってくれて、ありがとう！

さて、いつものようにあとがきから読《よ》もう！　と思《おも》った、そこのあなた。

⚠ **今回《こんかい》のあとがきには、神《かみ》キケンなネタバレがあります** ⚠

できれば、本編《ほんぺん》を楽《たの》しんでから読《よ》んでくださいね。

今回《こんかい》の『神《かみ》スキル!!!』は、友《とも》だちといっしょのスクール・キャンプ！

スキルがバレないかヒヤヒヤしつつも、全力《ぜんりょく》でキャンプをまんきつしていたら、星夜《せいや》が凶悪《きょうあく》な強盗《ごうとう》に捕《つか》まる事態《じたい》に!?　三人《にん》にとって忘《わす》れられないキャンプになりました。

助《たす》けてもらったからこそ、助《たす》けたい気持《きも》ちが強《つよ》くなる。絆《きずな》は勝手《かって》にできるものじゃなくて、試《し》練《れん》をいっしょに乗《の》りこえるから生《う》まれ、強《つよ》くなっていくのかもしれないですね。

でも！　読者《どくしゃ》のみなさんがアスレチックを楽《たの》しむときは、スタッフさんのもとで、安全《あんぜん》に使用《しよう》してください。トラックの荷台《にだい》に乗《の》っての山下《やまくだ》りも、絶対《ぜったい》にマネしないでくださいね。

さて、ここからは、三人《にん》のヒミツを知《し》れちゃう『神木三《かみきさん》きょうだいにヒミツの大質問《だいしつもん》!!!』！

前回《ぜんかい》は、神《かみ》スキルでやった一番《いちばん》すごい（おもしろい？）失敗《しっぱい》を、まひるに教《おし》えてもらいました。

今回《こんかい》は、星夜《せいや》に、この質問《しつもん》！『好《す》きな――』

「『好《す》きな食《た》べ物《もの》とニガテな食《た》べ物《もの》を教《おし》えて』、か。思《おも》ったより、ふつうの質問《しつもん》だな。『ちなみに、わたしが好《す》きな食《た》べ物《もの》はいちごと生《なま》クリームと白和《しらあ》え、ニガテな食《た》べ物《もの》は小魚《こざかな》』と」

わー！　星夜《せいや》、心《こころ》を読《よ》んでフライングするの禁止《きんし》！ああ、驚《おどろ》いた。こんなの初《はじ》めてだよ。

「ごめんごめん。代《か》わりに、ちゃんと答《こた》えるから。好《す》きな食《た》べ物《もの》は、やっぱりアメかな。手軽《てがる》で、気分転換《きぶんてんかん》になるから。あとは和菓子《わがし》。お団子《だんご》、ようかん、たい焼《や》き……ちなみに、ニガテなのはブロッコリー。独特《どくとく》の苦《にが》みと、もそもそした食感《しょっかん》が、どうしても気《き》になるんだ」

そうなんだ。あの激《げき》あまカレーをおいしいと思《おも》う星夜《せいや》にも、ニガテなものが……。

「？　よくわからないけど、最近《さいきん》は調理方法《ちょうりほうほう》でニガテを克服《こくふく》しようとしてるんだ。あの食感《しょっかん》は小《ちい》さくきざんでごまかすとして、問題《もんだい》は、グルコシノレートっていう苦《にが》み成分《せいぶん》だな」

あれって、そんな名前《なまえ》なんだ。でも、味《あじ》は簡単《かんたん》には変《か》えられないような……あ、あ、まさか!?

「そうだ。とびきりあまいアメで煮《に》つめるといいかも。すぐ試《ため》してみよう。そうだ。いいアイデアをもらったお礼《れい》に、よかったらいっしょに――あ、待《ま》って！」

わー！　ごめん、星夜《せいや》。あまいものと苦《にが》いもののミックスは、世界一《せかいいち》キケンすぎるよ〜！

朝陽《あさひ》とまひると、そしてハル兄《にい》にも、逃《に》げるように教《おし》えてあげなくちゃ！

ということで、神木家《かみきけ》の三《さん》きょうだいへの質問《しつもん》を、お待《ま》ちしています。ぜひ、お手紙《てがみ》で送《おく》ってくださいね。あとがきや、お話《はなし》の中《なか》（!?）で、三人《にん》が答《こた》えてくれるかも☆

お手紙《てがみ》は、一通一通《いっつういっつう》、大切《たいせつ》に読《よ》ませていただいています。いつも本当《ほんとう》にありがとう。

『神《かみ》スキル!!!』六巻《かん》は、二〇二五年初夏《ねんしょか》に発売予定《はつばいよてい》です。

今度《こんど》のお話《はなし》は、神木家《かみきけ》が家族《かぞく》でおでかけ!?　ハル兄《にい》もいっしょで右《みぎ》に左《ひだり》に大暴走《だいぼうそう》しそうです。

そして、『世界一《せかいいち》クラブ』二十巻《かん》も準備中《じゅんびちゅう》。こちらは、二〇二五年夏《ねんなつ》に発売予定《はつばいよてい》です！

トンデモナイ事態《じたい》に、世界一《せかいいち》クラブが和馬《かずま》と立《た》ちむかう!?

神《かみ》スキル!!!と世界一《せかいいち》クラブ、どちらも楽《たの》しみに待《ま》っていてくださいね。

この本《ほん》を手《て》に取《と》ってくれたあなたにも、すごいスキルが眠《ねむ》っているはず。

四人目《にんめ》のきょうだいとして、また次《つぎ》の事件《じけん》でお会《あ》いしましょう！

二〇二四年《ねん》十二月《がつ》

大空《おおぞら》　なつき

大空なつき／作
東京都在住。12月12日生まれのいて座。早起きしても、そのあとしっかり二度寝してしまうスキルの持ち主。趣味はゲームと料理。最新テクノロジーなど、新しいものも大好き。野生のシャチに出会うのが夢です。『世界一クラブ』にて、第5回角川つばさ文庫小説賞一般部門〈金賞〉受賞。著作に「世界一クラブ」シリーズ、「神スキル!!!」シリーズ（すべて角川つばさ文庫）。

アルセチカ／絵
イラストレーター。「神スキル!!!」シリーズ（角川つばさ文庫）、「グッバイ宣言」シリーズ（MF文庫J）のイラストを担当。絵を描くことと、ご飯を食べることが大好き。小学生に戻れるなら、その時の気持ちを大人になっても大事にするために毎日日記をつけたい。

角川《かどかわ》つばさ文庫《ぶんこ》

神《かみ》スキル!!!
SOS《エスオーエス》！　命《いのち》がけのスクール・キャンプ!?

作《さく》　大空《おおぞら》なつき
絵《え》　アルセチカ

2025年1月8日　初版発行
2025年5月15日　3版発行

発行者　山下直久
発　行　株式会社KADOKAWA
〒102-8177　東京都千代田区富士見2-13-3
電話　0570-002-301（ナビダイヤル）
印　刷　株式会社KADOKAWA
製　本　株式会社KADOKAWA
装　丁　ムシカゴグラフィクス

ISBN978-4-04-632315-6　C8293　　N.D.C.913　222p　18cm

読者のみなさまからのお便りをお待ちしています。下のあて先まで送ってね。
いただいたお便りは、編集部から著者へおわたしいたします。
〒102-8177　東京都千代田区富士見2-13-3　角川つばさ文庫編集部

世界一クラブ
第《だい》5回《かい》
角川《かどかわ》つばさ文庫《ぶんこ》
小説賞《しょうせつしょう》
金《きん》賞《しょう》受《じゅ》賞《しょう》作《さく》!
世《せ》界《かい》一《いち》クラブ
最強《さいきょう》の小学生《しょうがくせい》、あつまる!
大空《おおぞら》なつき・作　明菜《あきな》・絵
笑《わら》いと友情《ゆうじょう》、事件《じけん》いっぱいの
学校生活《がっこうせいかつ》!
世界一《せかいいち》の天才少年《てんさいしょうねん》
3時間《じかん》ごとに眠《ねむ》ってしまう!?
世界一《せかいいち》の柔道少女《じゅうどうしょうじょ》
だれでも、投《な》げとばす!?
忍《しの》びと知《し》られてはいけない!
世界一《せかいいち》の忍《しの》び?
世界一《せかいいち》のエンターテイナー
世界一《せかいいち》のドジ!?
世界一《せかいいち》の美少女《びしょうじょ》
人前《ひとまえ》に出《で》るのが苦手《にがて》!